ケモノ勇者の育て方
JN034984
追放されるたびにスキルを手に入れた俺が、
100の異世界で
2周目無双

エド
かつて旅した100の異世界を再び攻略することとなった青年。
2周目の旅では、異世界を救うためにティアと共に勇者たちをサポートする。
ルナリーティア
（ティア）
エドの初めての仲間であり、優秀な魔法師のエルフ。
エドと共に100の異世界を旅することとなる。

レベッカ
海賊船スカーレット号の船長にして勇者。
姉御肌な性格で、密航同然だったエドたちを仲間に迎え入れる。
ドーベン
勇者候補の一人にして、ワッフルのライバル。
荒々しい性格だが、妹思いな一面も。
ワッフル
「ケモニアン」と呼ばれる種族の勇者。
勇者候補を集めた選考会を勝ち抜くために修行中。

「首を刎ねたアンタから金貨だけいただいて、
厄介事は海に沈めるって方法もあるんだよ？」
挑発するようなレベッカの言葉に、俺はまっすぐ目を見て答える。
「船長はそんな馬鹿なこと
しないでしょう？」
海賊勇者の冒険譚

追放されるたびに
スキルを手に入れた俺が、
100の異世界で2周目無双 2

日之浦 拓

HJ文庫
1011

口絵・本文イラスト　GreeN

CONTENTS

Tuihou sarerutabini

skill wo teniireta orega,

100 no isekai de 2syume musou

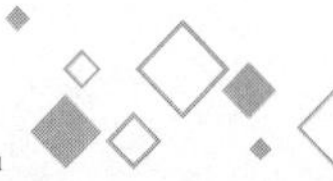

序章　最初の一歩

「よっ……と」

一瞬の酩酊感の後、俺の意識はすぐに現実へと引き戻される。それとほぼ同時に脳裏に蘇ってくるのは、主観時間で一〇〇年も前に過ごしたこの世界の記憶だ。ああ、なるほど。そう言えばここはそんな世界だったか……ひとまず危険は無いと思い出せたので、それでいいとして。

突然真っ白な世界に連れてこられ、家に……元の世界に帰りたければ一〇〇の異世界を巡り、そこで勇者パーティに加入した挙げ句に一〇〇回追放されろという、まるっきり意図のわからない無茶ぶりをこなすこと幾年月。遂にそれをやり遂げたはずの俺が何故今も異世界にいるかといえば、その最大の要因は俺の手の先にある。

「うわー、本当に一瞬で景色が変わるのね？　ここが異世界なの？」

そう言って無邪気に周囲を見回すのは、俺が初めて訪れた異世界で同じ勇者パーティに所属していたエルフの女性、ルナリーティアだ。好奇心旺盛な彼女は耳をピコピコと揺らしながら、上機嫌に周囲を見回している。

「ようこそ異世界へ。気分はいかがですか、お嬢様？」

「フフッ。ええ、素晴らしいわ！　いい仕事ね、エド」

「お褒めにあずかり恐縮です」

恭しく……あるいはわざとらしく一礼してみせる俺に、ティアもまたそれっぽく応える。だが偉そうな演技を続けるには初めの異世界への興味が些か強すぎるらしく、すぐに素に戻って話を続けてくる。

「にしても、ぱっと見だと私のいた世界と変わった感じはしないわね？　普通に精霊の力も感じられるし……」

「へぇ？　精霊の力に関しては俺は全然わかんねーけど……まあでも、ぶっちゃけ異世界とは言っても、大体の世界はそう変わらねーよ。言葉も通じりゃ通貨も同じだし、なら世界だってそうは変わらねーさ」

「そういうものなの？　それはちょっと残念……と言ったら失礼なのかしら？」

「ははは、まあ気持ちはわかるけどな」

異世界と言われたら、元の世界とは全然違う世界を思い浮かべるのは普通だろう。だが現実には多くの世界は共通の常識の上に成り立っており、王様や貴族が国を統治し、人が住む家の形だって似たようなもんだ。

（あるいは俺達（おれたち）が活動しやすいように、そういう世界だけが選ばれてるとか……？　うん、そっちの方が可能性としては高そうな気がするな）

言葉を話したり貨幣（かへい）制度があったりするのはともかく、同じ言葉、同じ貨幣を使っているというのはいくら何でも出来過ぎだ。となるとやっぱりそういう世界のみを選んで飛ばされているってことだろう。

うーん、〈偶然という必然（フラグメイカー）〉といい言語と通貨の共通設定といい、親切なのか不親切なのかわからんな……いや、一〇〇の異世界で一〇〇回追放なんて条件を出されてる時点で、理不尽（りふじん）以外の何物でもないわけではあるが。

「あ、でも、そうだ！　この世界ならティア好みの異世界要素は十分にあるぞ？」

と、そこで俺はさっき蘇ったばかりの記憶から、この世界がティアのいた世界と大きく違う部分を思い出す。そしてその衝撃（しょうげき）の出会いは、世界の流れが変わっていないなら、きっともうすぐ……

ガサガサガサッ

「え、何⁉」

「おっと。ほら、異世界要素のご登場だ」

突然聞こえた草木をかき分ける音に、俺達はその方向に視線を向ける。するとそこから現れたのは――

「ん？　お前達、こんなところで何をしているのだ？」

俺の胸ほどの背丈で、全身を茶色いフサフサの毛で覆われた二足歩行の犬っぽい人であった。

「か……」

「毛無しがどうしてこんなところに二人でいるのだ？　この辺はもうとっくに、我らケモニアンの領土なのだぞ？」

「か………」

「あ、はい。俺達は――」

「可愛いーっ‼」

俺とその人物が挨拶を交わすなか、突然ティアが脇から飛び出しその人物に抱きついてしまった。呆気にとられる俺の前で、ティアの暴走は続く。

「わふっ⁉　突然何をするのだ⁉」

「何これ、凄く可愛い！　ちっちゃくてモフモフで……」

「やめるのだ！　苦しいのだ！　尻尾がキュッとなっちゃうのだ！」

「うわ、尻尾までフワフワね！　最高の手触り……ずっと撫でてたいわ」

「駄目なのだ！　そんなに撫でたらトローンとしちゃうのだ！」

「あら、気持ちいいの？　ここ？　それともこうかしら？」

「わふー⁉」

「…………はっ⁉　ちょっ、おま、やめろティア！」

ようやく意識が現実に追いついた俺は、即座にティアの頭を引っ叩いてその人物から引き剥がした。すると彼は全身の毛を逆立てながら、荒い息を吐いて俺達から遠ざかる。

「ふーっ、ふーっ……何なのだお前達は⁉　というか、そっちの毛無しの女は⁉」

「すみませんすみません！　本当にすみません！　ほら、ティア！　お前も謝れ！」

「ご、ごめんなさい。あんまりにも可愛かったから、つい……」

腰が折れるんじゃないかという勢いで頭を下げて謝罪すると、隣ではティアも申し訳なさそうな顔で同じように頭を下げている。よかった、ちゃんと正気に戻って反省してくれているようだが……問題は相手が許してくれるかどうかだ。ここはもっと謝罪を重ねておくべきだろう。

「連れが本当に申し訳ありません。こいつはケモニアンの方に会うのは初めてで、ちょっと興奮してしまったようで……」

「ふーっ、ふーっ……そうなのか？　それならまあ、仕方ない……のだ？」

「そうなんです！　特に貴方の毛並みはあまりにも素晴らしいですから！　ええ、ええ。俺だって許されるなら触りたかったくらいです。いやぁ、本当に美しい！」

「そ、そうなのか？　わふふ……そこまで言われるとワレとしても怒れないのだ」

「じゃ、じゃあ許していただけるので？」

「ちゃんと謝ってくれたし、もういいのだ。ワレは心が広いからな！」

「おお、ありがとうございます！」

「ええ、本当に。ありがとうございます。えーっと……」

「ああ、そう言えば名乗っていなかったのだ。ワレはワッフルなのだ！」

「ワッフル君ね。私はルナリーティア。ティアって呼んでくれていいわ」

「わふっ、ティアだな？　よろしくなのだティア……で、何でワッフル『君』なのだ？　ワレが見た感じ、ティアはそんなにおばちゃんには見えないけど……？」

ゆっくりと尻尾を振りながら、ワッフルがそう言って首を傾げる。すると笑顔だったティアの口元がピクリと吊り上がった。

「おばっ⁉　私はまだ一二〇歳よ！　そんな、おばちゃんなんて――」

「一二〇歳⁉　凄いのだ、全然そんな風には見えないのだ……というか、悪かったのだ。

そんなおバアちゃんなら、確かにワレなんて子供みたいなものなのだ」

「だから――」

「ちょ！　ちょーっと待て！　あの、ワッフルさん、少しだけこいつに話したいことがあるんで、時間をいただいてもいいでしょうか？」

「わふ？　別にいいのだ」

「ありがとうございます！　よしティア、ちょっとこっち来い！」

ワッフルに許可をもらい、俺はやや強引にティアの手を引っ張って少し離れたところまで移動した。このくらい離れていれば声は聞こえないと思うが、それでも念のため小声で話しかける。

「いいかティア、よく聞け。まずあの人……ワッフルさんは、子供じゃない。歴とした大人だ」

「えっ、そうなの!?　あんな小さいのに？」

「小さいのに、だ。てか種族が違うって見りゃわかるだろ？　お前は同じくらいの背丈をしたひげ面のドワーフを見ても子供扱いするのか？」

「そりゃしないけど……なるほど、そういうことなのね。じゃあワッフル君……じゃない、さんって幾つなの？」

「あー、正確にはわかんねーけど、感覚的には俺達と同じくらいの年代のはずだ。だから変にへりくだったりする必要はねーけど……そうだな、一つだけ注意として、彼らは『ケモニアン』という種族で、これから行く国では割と見た目の幅はありつつも、人間以外のほぼ全員が『ケモニアン』だから、覚えておいてくれ。ありがちな『獣人』って呼び方だけは絶対に駄目だ」

「そうなの？」

軽く首を傾げて問うティアに、俺は至極真面目な顔で頷く。

「そうだ。獣人ってのは、人間が彼らケモニアンを呼ぶときの蔑称だからな。人間の国で口にする分には多少嫌な顔をする人がいる程度で済むが、ケモニアンの国でそれを言ったら洒落にならん。気をつけてくれ」

「わかったわ」

他種族の国でその種族を侮辱する発言なんてしたら、冗談ではなく殺し合いになることだってある。こういう「異世界における常識」は常識であるが故に聞くのが難しく、かつ致命的な問題を孕む可能性が高いのだが、逆に言えば今回のように事前に対処法がわかっていれば簡単に解決できるものも多い。

「ハァ、悪いなティア。こっちにくる前にこの世界のことを思い出せてりゃ、事前に説明できたんだろうが……」

「覚えてないものは仕方ないわよ。あれ？　でもじゃあ、今はどうしたの？」

「ああ、この世界に入ったところで、何か色々思い出したんだよ。ひょっとしたら異世界に入ることで、その世界の記憶が蘇るみたいな仕様があるのかもな」

　別に記憶が消えているとかじゃないので、思い出そうと思えば今でも無数の異世界の出来事が思い出せる。が、それぞれが何番目の世界だったとか、そういう細かいところまではっきりと思い出せるのは本当にごく一部だ。

　何せ一〇〇年くらいかけて、一〇〇の異世界を巡ってきたわけだからなぁ……そもそもの人間の寿命を考えても、全部を完璧に覚えてるなんて無理なんだろう。むしろきっかけさえあれば思い出せるというのなら御の字だ。

「ふーん。まあでも、最初のエドは何も知らない状態から頑張ったんでしょ？　なら今回は思い出せるだけでも十分じゃない？

　ということで、忘れん坊のエド先生に質問！　他にも私が気をつけた方がいいことってあるの？」

　気を使ってくれているのか、おどけた調子で手を上げながらティアが聞いてくる。その心遣いに思わず笑みを浮かべながら、俺は話を続けていく。

「あるぞ。まず彼らケモニアンは、俺達みたいな普通の人間を『毛無し』と呼ぶ。これはこれで軽い蔑称ではあるんだが……その辺は国の成り立ちとか人とケモニアンの関わり合い方とかの問題があるから、詳しい説明は後ってことで納得してくれ。

というか、そもそも俺にしろティアにしろ、この世界の人間じゃねーから『毛無し』って呼ばれても何とも思わねーだろ？」

「そうね。名前で呼ばれないって言うなら悲しいけど、人間って言われるところを『毛無し』って言われるだけなら、特に何とも思わないわ」

「ならよかった。あとは……あー、これはもう手遅れかも知れねーんだが……」

「な、何？」

手遅れという言葉に、ティアが顔をしかめる。そんな表情をさせたくはないんだが、言ってしまったことを今更取り消すことはできない。

「あのな、この世界ってエルフとかドワーフはいねーんだ。いや、ひょっとしたら人間の世界のどこかにはいるのかも知れねーけど、少なくとも一周目に俺がケモニアンの国で過ごした分では一度も出会ってないし、その存在を話に聞いたことすらない。

だから、さっきの一二〇歳ってのは……」

「ええ……？　つまりワッフルさんの中では、私は若く見えるだけの本当のお婆ちゃんになっちゃったってこと⁉　酷い！　それはあんまりよ！」

「だよなぁ。だからまあ、二〇歳と言い間違えたってことにしとくのがいいと思うぜ？　俺も二〇歳ってことにしとくし」

「あら、エドと同い年になるのね。なら私がお姉さんでいいかしら？」

「は？　見た目からすりゃ、ティアの方が年下に見えると思うんだが……」

「だーめ、私がお姉さんなの！　いい？」

「お、おぅ。別にいいけど……じゃあそういうことで」

よくわからねーが、ティアは俺より年上であることに拘りがあるらしい。確かに俺からしても、ティアはずっと年上だったから構わないんだが……？

「……ねえ、エド？　今エドは、『年上なんてそんなに拘ることか？』って思ってない？」

「ふぁっ⁉　な、何で⁉」

「フフッ、そのくらいお見通しよ。そして理由は、そんなエドの気持ちがわかっちゃうくらい、私が年上のお姉さんだからよ！　どう、納得した？」

「納得……まあ、うん」

　何処に納得すべきかはやっぱりわからねーが、可愛らしい得意顔で胸を張るティアを前にすれば、細かい理由などどうでもよくなる。うん、ティアが満足するなら、俺が納得する理由はそれだけで十分だ。

「では年上のティア姉さん。最後だけど、あのワッフルがこの世界の勇者だから。じゃ、戻るぞ」

「はーい。って、え⁉　エド、今最後に凄く大事なこと言わなかった⁉」

とはいえ何となくしてやられた感がするので、俺は軽い意趣返しをしつつ慌てるティアの手を引いて戻る。するとわざわざ耳をぺたんと畳んで待っていてくれたワッフルが、俺達の姿を見て声をかけてきた。

「相談は終わったのだ？」

「はい。お待たせして申し訳ありません。それと俺の方も自己紹介を。俺はエドと言います。こっちのティアと同じで、二〇歳です」

「二〇歳？　ティアはさっき一二〇歳って言わなかったのだ？」

「ははは、ご冗談を。ティアがそんなお婆ちゃんに見えます？」

笑いながら言う俺に、ワッフルがティアの側まで歩み寄ると、顔を近づけてジーッと見つめていく。フンフンと匂いまで嗅がれて若干緊張気味になるティアだったが、ほどなくしてワッフルはティアから離れ、俺の方を向いて答えた。

「わふぅ、確かに見えないのだ。おバアちゃんっぽい匂いもしないのだ」

「でしょう？　だからきっと、聞き間違いですよ。俺もティアも二〇歳です。で、一応ティアの方がちょっとだけ年上……って感じですね」

「そうなのか！　わかったのだ。ちなみにワレも二〇歳だから、みんな同い年なのだ！」

「えっ⁉」

「ん？　どうしたのだティア？」

「いえ、何でも……二〇歳……えぇぇ……」

どうやら小さくて可愛いワッフルが同い年であることに、ティアが衝撃を受けたらしい。

「じゃあ私、同い年の男の子に抱きついちゃったのね……えっと、改めてごめんなさい。ひょっとして本当に嫌だった？」

違った。どうやらそういうことらしい。しおらしく問うティアに、しかしワッフルは尻尾をふぁさっと振って笑う。

「気にしてないから大丈夫なのだ！　でもワレ以外に同じ事をしたら駄目なのだぞ？　本気で怒ったケモニアンに殴られたら、毛無しだと大怪我をしちゃうのだ」

「ええ、気をつけるわ。ありがとうワッフルさん」

「わふっ！　同い年なのだから、呼び捨てでいいのだ。それじゃ、気をつけて町に行くのだぞ？」

「あ、ちょっとお待ちを！」

そのまま立ち去ろうとするワッフルを、俺は慌てて呼び止める。

「ん？　まだ何か用があるのか？　っていうか、エドも普通に話して欲しいのだ。そんな話し方を続けられたら、何だかくすぐったくて尻尾がブワッとしてしまうのだ」

「そうか？　じゃあ遠慮なく……ワッフルって、ひょっとして勇者候補のワッフルか？」

「そうだぞ？」

俺の問いかけに、ワッフルが事もなげに頷く。隣ではティアが「候補？」と首を傾げているが、今は無視だ。

「やっぱり！　実は俺達、腕試しの旅をしてるんだよ。もしよかったら、少しの間でもいいからワッフルに同行させてもらえねーかな？」

「わふん？　ついてくるだけなら好きにすればいいのだ」

「おお、ありがとう！　じゃ、そうさせてもらうぜ」

そう感謝の言葉を述べつつ、俺は手のひらを上にして右手を差し出す。これはケモニアンにおける握手の意味があり、下位の者が差し出した手に上位の者が手のひらを載せることで上下関係を明確にしつつ友誼を結ぶ意味がある。普通に話してくれていいとは言われたが、とはいえ頼み事をしているのはこっちなので、ここは下手に出るべき場面だ。

「お？　エドは毛無しなのにわかってる奴なのだ！　そういうことなら、ワレもちょっとだけ助けてやってもいいのだ！」

　そしてその誠意は、正しくワッフルに伝わったようだ。俺の手に自分の手を重ねると、上機嫌で俺達を先導するように歩き出した。そこにはきちんと俺達を気遣う気配があり、気軽な雑談にも応じてくれる。もし今の握手をしなければ、おそらく本当についていくだけの状態になっていたことだろう。

「へー。そちらの国ではそういうのが流行ってるんですね」

「そうなのだ。あれは甘くて美味しいのだ」

　その雑談のなかで、俺は一周目で得た知識が間違っていないことを確認していく。ティアが一緒に来たことで大きな変化があったらどうしようかと思っていたが、どうやらその辺は何の問題もないようだ……っと、そろそろか？

「町が見えてきたのだ！　けど……二人とも、狩証は持っているのか？」

「いえ、持ってないです。こっちに来たばっかりっていうのもありますけど、俺達は人間なんで……冒険者証ならあるんですけど」

こうして気を遣ってくれるのも、さっきの握手のおかげだろう。礼節の大事さを実感しつつも俺が取り出して見せたのは、第〇〇一世界で使っていた冒険者ギルドの登録証。当然この世界のものではないので偽造……というか真っ赤な偽物なのだが、ワッフルはそれをチラリと見ただけで深く確認したりはしなかった。

ま、王侯貴族ならともかく、人間が発行した冒険者の身分証なんて、ケモニアンの国では飾りみたいなもんだから、犯罪歴の記載でもなければ気にされることはない。それがわかってるから見せたんだしな。

「それはここでは使えないのだ。なら入町税を払う必要があるけど……」

「大丈夫です、流石にお金は持ってますから。これ、使えますよね？」

次いで腰の鞄から取り出したのは、ごく普通の銀貨だ。すると今度もワッフルはチラリとそれを見て、そのまま小さく頷く。

「勿論なのだ。じゃあワレは適当に宿を取るから、そうだな……明日の朝、狩小屋の前で待ち合わせでいいのだ？」

「わかった。じゃ、それでよろしく」

「わふっ！　ではまた明日なのだ！」

笑顔で手と尻尾を振りながら、ワッフルが狩証を見せてあっさりと町の中に入っていく。

ただし続く俺達はそうすんなりとはいかず、やや入念な聞き取りと銀貨一枚という割高な入町税を支払うことで、漸くにして町に入ることができた。

「割と手間がかかったわね。にしても、うわー！　これがいせ……じゃなくて、ケモニアンの町なのね。本当に色んな姿の人がいるわ！」

「だな。この賑やかさは人間の国じゃ無理だぜ」

はしゃぐティアと一緒に町中を見回せば、そこには多種多様なケモニアン達が生活している。ワッフルのような犬っぽい人にも種類があるし、それ以外にも猫っぽい人や鳥っぽい人、熊っぽい人から鼠っぽい人までいて、その体の大きさも様々だ。

「ねえねえエド！　宿を取る前に、少し町を見て回っても平気かしら？　あと狩小屋って何？　ほかにも聞きたいことが沢山あるんだけど？」

「まあ待て、落ち着け。説明は全部纏めて夜にでもするさ。見て回るのはいいけど、俺から離れるなよ？」

「はーい！」

いい返事をしたティアが、ふわりと飛ぶように町中を駆け回る。腹を直撃する匂いを漂わせた露店で肉串を買ったり、指輪でもネックレスでもない不思議なアクセサリー……爪や尻尾に着けるものらしい……を眺めたり、大はしゃぎするティアに小一時間ほど付き合ってから一周目にも泊まった宿に部屋を取ると、荷物を置いたティアが早速俺の部屋まで押しかけてきた。

「さあエド！　落ち着いたことだし、この世界の秘密を話してもらうわよ！」

「秘密って、別に隠してたわけじゃねーぞ？」

「わかってるわよ。でも秘密ってことにしておいた方が、何となくワクワクするじゃない？　ということで、ほらほら、早く！」

「へいへい」

　グイグイと顔を近づけてくるティアを押しのけてベッドの端に座らせると、俺自身は部屋に備え付けられていた小さな椅子に腰を下ろす。

「つっても、何から話せばいいかな。必要最低限のことはさっき話したと思うんだが」

「あ、じゃあ私が聞くわね？　順番だから、えーっと……そうね、じゃあ一番気になったことから聞こうかしら？」

　聞きたいことを指折り数えて考えていたティアが、決めたとばかりにニンマリと笑顔を向けてくる。

「いいぞ。何でも聞いてくれ」

「なら遠慮なく。さっきエドはワッフルのこと、勇者候補って呼んだでしょ？　候補ってことは、ワッフルはまだ勇者じゃないの？」

「おっと、そのことか」

当然と言えば当然の疑問に、俺は静かに納得する。俺だって一周目の時にワッフル自身からそう聞かされて、首をひねったものだからな。

「結論から言うなら、ワッフルは間違いなく勇者だ。が、それはこの世界に選ばれた勇者ってことで、世間から選ばれた勇者ってわけじゃない」

「？　どういうこと？」

「うむ。この世界は……いや、本当に世界全部かは知らねーけど、とにかくこの周辺は一つの大陸になっててな、西側に魔王(まおう)の支配領域が、東側には人間の国が、で、ケモニアン達の国はちょうどその間、大陸の中央にあるんだ。

で、魔王は世界全てに喧嘩(けんか)を売っているわけだが……この位置関係だと、どうなると思う？」

「ほえ？　どうって……あ、ケモニアンの国ばっかり攻(せ)められる？」

「そうだ。いくら魔王でも、間に挟(はさ)まってる国を無視して人間の国を攻めたりはできない。潜入(せんにゅう)した魔王軍が暴れたりすることはあるみてーだが、それでも被害(ひがい)はごく小規模だ。

それに対してこの国は、魔王軍と正面から大規模な戦闘(せんとう)を繰(く)り返してる。つまり人間の国とケモニアンの国では、魔王軍に感じる脅威もそこから生じる実害も、全然規模が違うってわけだな」

「うわ、それは大変ね。でもそういうことなら、人間の国がケモニアンの国を援助したりしないの？　だって、自分達の代わりに魔王軍と戦ってくれてるんでしょ？」

「当然の発想だな。が、それこそが大きな隔たりのとっかかりだ。

　人間側からすると、魔王軍なんてたまにやってきてちょっと暴れるだけだから、存在することは知ってても本気で脅威だとは考えていねーんだよ。だから名目上の援助こそしてるけど、その規模は大したことない。

　それどころかケモニアンを『少々の小遣いをくれてやれば自分たちを守ってくれる、都合のいい盾』くらいに考えてる奴もいるほどだ」

「最悪じゃない！　それ、ケモニアンの人達が怒るわよね⁉」

　激しい憤りに興奮して耳を揺らすティアに、俺は大きく頷いてみせる。

「ああそうだ。実際に体を張って戦っているケモニアンからすれば、後方で暢気にしてるだけの人間なんて守る価値もない。が、だからって魔王軍を素通りなんてさせたら自国が滅茶苦茶になっちまうから、戦わないって選択肢もない。

　だからケモニアン側は人間側に『もっと本気で援助をよこせ』と要求はしているけど、

ケモニアンが頑張れば頑張るほど人間側の危機意識は下がるから、それが通ることもなく……結果として両者の関係は悪化の一途って感じだな。

さっき、ケモニアンは人間の事を『毛無し』って呼ぶって言ったろ？　平均的な身体能力では人間よりケモニアンの方が高いから、差別意識なんて大して持ってないワッフルみたいな奴ですら自然な形で人間を蔑んでるってのが、今の人間とケモニアンの関係さ。

この辺は両国の国境線に近いからまだいいけど、内地に入ればもっと露骨に差別されることもあると思うぜ？」

「随分と根深い問題ね……それはそれで気になるけど、それと勇者候補にはどんな関係があるの？」

「おう、それだな。そんなわけで日々魔王軍との激しい戦いを繰り広げてるケモニアン達だが、今のところ戦況は一進一退の膠着状態みたいな感じなんだ。

で、その状況を打破すべく、もうすぐこの国では『勇者選考会』ってのが催されるんだ。

要は最強のケモニアンを決めたうえでそいつを『勇者』に任命し、その勢いで一気に魔王軍を打破しようって計画だな」

「へー。でもそれ、上手くいくの？　こう言ったら何だけど、一番強い人を一人決めたからって、戦争みたいな大きな流れはそうそう変わらないんじゃない？」

「そこまでは俺には何とも言えん。ただケモニアン達はそれで上手くいくと考えてるんだろうし、実際にワッフルはその選考会に勇者候補として参加することになってる。だから現状のワッフルはあくまでも『候補』ってことだな」

「わかったわ。わかったけど……でもそれなら、それこそ何でワッフルは『勇者』なの？　選考会をする前から勝つのが決まってるってこと？」

「そうだ。俺達が何もしなくても、ワッフルは勝つ。少なくとも一周目ではそうだった」

勇者選考会でワッフルが勝つのは、この世界の既定事項だ。俺が何かした結果ではないので、同じように世界が動くなら、今回もまた同じように勝つだろう。あるいは何らかの干渉を行えば負けるようになるのかも知れねーが、それをする意味はこれっぽっちもない。

「ふーん。じゃあこの世界で私達がすることって、本当にただワッフルと一緒にいるだけってこと？　何か拍子抜けね」

長い説明を聞き終えたティアが、しかし退屈そうに足をパタパタさせる。どうやら我がエルフ姫様はその内容にご不満らしい。

「そうか？」

「うん。だって私、てっきりエドが私達を助けてくれたみたいに、こう……運命を変える？　そういう大冒険をするのかなって思ってたから」

「はは、そうか。なら悪いけど、今回は大冒険ってほどのことは無いと思うぜ？　何せ変えるべき未来はちょっとしかねーからな」

「むぅ……って、ちょっと？　この世界にも変えた方がいい未来があるの？」

「まあ、な」

言って、俺は顔をしかめる。確かにただ追放されて帰るだけなら、この世界で俺達がすべきことはない。だがそれは、これから起こる悲劇を黙って見過ごすことを許容すれば、という話だ。

「正直、幾つか変えたい未来がある。そのためには面倒な手順を踏んだり、危険に巻き込まれたりするかも知れねーけど……」

「でも、やるのよね？」

「…………………」

翡翠の瞳にまっすぐに見つめられ、俺は思わず言葉に詰まる。俺がやりたいと思うことは、あくまでも俺の我が儘だ。今回が初めての異世界転移であるティアを巻き込んでまでやらなきゃいけないことかと言われれば、決してそうじゃない。だが……っ⁉

「えいっ！」

「イテッ⁉」

ベッドから立ち上がって近づいてきたティアが、突然俺の額にデコピンを食らわせてくる。ほっそりした指に見合わぬその威力に、俺の目にはうっすらと涙が浮かんでしまう。

「何すんだよティア⁉」

「フフーン！　エドが何かくだらないことを悩んでるからよ。私を巻き込みたくないとか、そんなこと考えてたでしょ？」

「……何でわかる？」

「そりゃー勿論、私の方がエドよりお姉さんだからよ！」

「いやいや、それは流石に……」

苦笑する俺に、しかしティアは鼻がくっつきそうな程に顔を近づけ、優しく笑う。

「いいのよそれで。それともエドがしたいことをすると、誰かが不幸になるの？」

「そんなことは……裏で暗躍してる奴とかは、計画が狂って困るかも知れねーけど、それは流石に――」

「「知ったこっちゃない」」

「……でしょ？」

唐突に言葉が重なり、してやったりと笑うティアを前にすれば、俺の方も笑うしかない。

「ははっ、敵わねーなぁ。ああ、そうさ。せっかくもう一回この世界に来られたんだ。なら俺の望むとおり、みんなを幸せにしねーってのは嘘だよなぁ」

どうやらティアと出会ったことで、俺は少々強欲になったらしい。もしも許されるのならば、かつてできなかった選択を……皆が幸せになれる未来を目指したい。

「協力してくれるか？」

「勿論」

俺の差し出した手を、ティアがガッチリと掴み返してくる。その瞬間、俺は何処か宙ぶらりんだった自分の足が、しっかりとこの世界の大地を踏みしめるのを感じた。

「おーい！　二人とも、こっちなのだー！」

明けて翌日。早朝ながらも活気に溢れる町を歩き、狩小屋の前まで辿り着くと、先に俺達を見つけたワッフルが手を振りながら呼びかけてくれた。ワッフルは小柄で見つけるのは地味に大変だと思っていたので、これはありがたい。

「おう、ワッフル！　おはようさん」

「おはよう、ワッフル」

「二人ともおはようなのだ！」

互いに軽く挨拶をしつつ、俺は狩小屋の方に視線を向ける。そこは予想より混雑しており、今から中に入るのはちょいと大変そうだ。

「あー、そういやケモニアンは人間より早起きの奴が多かったか……すまんワッフル、待たせちまったか？」

「このくらいなら問題ないのだ。それに依頼ならもう受けてあるのだ！」

軽く謝罪する俺に、ワッフルが依頼書を取り出して見せてくれる。

「お、ダマグモか」

「そうなのだ。この辺は魔王領とは反対側だから、あんまり強いクロヌリがいなくて捜すのが大変だったのだ。

それで、エド達はどうするのだ？　毛無しなら星一つか、精々二つ……あ、でも、狩証がないと星一つしか——」

「ああ、それなんだけど……昨日も言った通り、ワッフルに同行させてもらえねーかな？」

「わふ？」

俺の言葉に、それまで朗らかだったワッフルの表情がにわかに険しくなる。愛らしい顔つきに宿る鋭い獣の眼が俺の顔を見据えてくるが、俺はそれを正面から受け止めて微動だにしない。

「ダマグモ狩りは、星三つの依頼なのだ。普通の毛無しだと、割と簡単に死んじゃうのだぞ？」

「わかってる。足手まといにはならねーし、そうだと思ったら放りだしてくれて構わない」

「……ワレは助けないぞ？　本当に助けないのだぞ？　エドとティアの二人だけでダマグモを倒せるのか？」

「勿論。なあティア？」

「ええ。まだ出会ってもいない敵を絶対に倒せるとは言わないけど、私達なら大抵の、えっと……クロヌリ？ は倒せると思うわ」

この国には、通常の魔獣とは違う「クロヌリ」と呼ばれる敵が蔓延っている。魔王が生み出しているというそれは一般的な生物とは違った挙動を取るため、半端な実力者ほど思い込みから意表を衝かれて怪我をしたり、死ぬことも多い。

が、ティアは半端な実力者ではないし、俺に至っては普通に戦ったこともあるので、その辺の心配はない。少なくともワッフルが受けた依頼の対象、ダマグモ程度ならば俺達が負ける要素は皆無だ。

と言っても、これはあくまで俺達の事情。何も知らないワッフルは、難しい顔のまま腕組みをし、尻尾をファサファサ揺らしながら考え込む。

「わふぅ………二人は狩証を持ってないし、そもそも実力がわからないから今すぐパーティを組むのは無理なのだ。だから二人はあくまでお手伝いで、報酬はワレが受け取ったものからワレが二人の働きを判断して支払うこと。

あとワレが帰れと言ったら素直に帰ること。それを守らずにその場に残った場合は助けを求められても助けないし、それで死んでも文句を言わないこと。その二つを守るなら、とりあえずついてきてもいいのだ」

「わかった。それで問題ない」

「……本当にいいのか？　ティアも？」

「問題ないわ。自分の面倒くらい見られなくて、旅なんてできないもの」

問うワッフルに、俺もティアも笑顔で頷く。そこにあるのは決して慢心ではなく、実力に裏付けされた自信だ。そしてそれは、一流の戦士であるワッフルにもきちんと伝わったらしい。険しかった表情は元に戻り、笑顔で頷いてくれる。

「わかったのだ！　なら二人とも、ワレについてくるのだ！　すぐ出発するけど、準備は平気なのか？」

「大丈夫だ、問題ない」

「私の方も、平気よ」

「なら、出発進行なのだ！」

基本的な治安はいいものの、時折軽くとはいえ侮蔑の籠もった視線を感じるような場所を手ぶらで歩くはずもない。当然俺達も準備万端であり、俺達はそのまま町の外まで歩いて移動していった。そうして近くの森へと獲物を求めて分け入れば、ほどなくして俺達の前にのっぺりとした黒いナニカが姿を現す。

「ねえ、エド。あれが……!?」

「ああ、クロヌリだ」

それこそが、この世界の脅威。全身が黒一色の艶消しした虫の甲羅のようなもので覆われており、そこに一つだけ金色に輝く目がついているというのが、全てのクロヌリに共通する特徴となる。

そのうえで今俺達の目の前にいるクロヌリは直径一メートルほどの球形の体に細長い脚が八本ついており、強いて言うなら蜘蛛に近いかも？　ということで、こいつは「ダマグモ」と呼ばれている……つまり今回の討伐対象だ。

「なあワッフル、最初は俺達が戦ってもいいか？」

近くの草むらに身を潜め、俺が小声でそう問いかける。するとワッフルは少しだけ意外そうにその鼻をピクリと震わせる。

「わふ？　最初はワレが戦ってるところを見ててもいいのだぞ？」

「いや、今回の依頼はあくまでもワッフルが主体だ。なら実力を見せるべきは俺達だし、それを見てワッフルが俺達をどう使うか判断してくれりゃいい。どうだ？」

「エド達がそれでいいなら、ワレは構わないのだ。なら、ワレはここで見てるのだ」

「おう！　ティア、最初は俺が一人で行くから、あいつの動きをよく見ておいてくれ」

「了解。あ、でも、危なそうだったら勝手に援護しちゃうわよ？」

「ははは、そいつは油断できねーな。じゃ……」

「ちょ、ちょっと待つのだ！　え、二人一緒じゃなくて、エドだけで行くのか⁉」

俺が一歩踏み出そうかとしたところで、不意にワッフルがそう聞いてくる。よほど意外だったのか、尻尾がせわしなく小刻みに揺れている。

「ああ、そうだけど？」

「そ、それは流石に危ないんじゃないのか？」

「大丈夫だって。ま、見ててくれよ」

「わふぅ……さっきはああ言ったけど、本当に危なかったら、ちゃんと『助けて』って言うのだぞ⁉」

心配してくれるワッフルの言葉に、俺は無言で手を上げて応える。ああ、やっぱりワッフルはいい奴だ。足手まといなら見捨てるなんて言いつつも、もし俺がヤバかったらきっと必死に助けてくれることだろう。

ま、そんなことはわかってたことだ。何せ一周目の時、初めて見たケモニアンの姿に魔獣と勘違いして襲いかかった俺を軽くいなし、そのまま同行させて面倒をみてくれるくらいだからな。ああ、今思い出しても恥ずかしさと申し訳なさで顔から火が出そうだが……

「っと、そろそろ戦闘に集中しねーとな」

物陰から姿を晒した俺を、ダマグモが認識する。体の正面についた金色の目がギョロリとこっちを見つめてくるのに対し、俺は腰に佩いた剣を抜いた。アレクシス達との旅の間に調達しておいた数打ちの剣だが、普段使いにはこれで十分。

一応〈彷徨い人の宝物庫〉の中には純ミスリル塊が残っているので、〈見様見真似の熟練工〉と合わせて「銀翼の剣」とは言わずともそれなりの剣を打つこともできると言えばできるんだが、流石にこの町で工房を借りるのは難しいし、何よりこれは無くしちまった「薄命の剣」の柄を作る材料にしたいから、無駄遣いはしたくないのだ。

「さあいくぜ、黒玉野郎！」

クロヌリに挑発が効くのかどうかはわからねーが、前脚二本を振り上げて威嚇してくるダマグモに向かい、俺は身を低くして駆け寄っていく。獣道ですらない森の中は草や木の根がそこかしこに出ており、少しでも油断すればあっという間に足を取られて地面にキスをする羽目になるだろうが、こちとら一〇〇年戦ってんだ。今更この程度でヘマをしたりはしない。

無論、ダマグモの方だってそれを黙って見過ごしてくれるわけじゃない。振り上げていた脚を立て続けに振り下ろし、俺の体に風穴を開けようとしてくるが……へっ、遅い！

「ハァッ！」

　左右の足の踏み込む力を調整し、体を揺らす。すると一瞬前まで俺の頭のあった場所を黒い脚が貫いていくが……その先にあるのは地面だ。ザクッと大地に突き刺さった脚を、俺は手にした剣ですくい上げるようにして斬り飛ばす。

「そら、もう一本！」

　返す刃で、更に一つ。ガチンという硬い手応えと共に、八本あったダマグモの脚はあっという間に六本に減った。体を支えるのに最低四本は必要だろうから、攻撃に使えるのは実質あと二本だけだ。

　その体に肉薄した俺に対し、ダマグモはその二本を抱きしめるように振るった。鋭く硬いその脚は貫くだけではなく切り裂く力も強く、俺が身に着けたボロい革鎧ごと胴体を深く傷つけ、落としてくださいと言わんばかりに突き出していた首を刈り取る……という未来を実現するには、残念ながら二手遅い。

「フッ！」

　短く息を吐いて、俺は思いきり地面を蹴る。無理矢理体の軌道をずらしてダマグモの左側を駆け抜けると、その次いでとばかりに奴の体を支えている軸脚を一本いただく。本当は二本とも斬りたかったが、欲張ると転がってきた体に潰されちまうからな。

「お、逃げるか？　ティア！」

よろけたダマグモが、攻撃に使っていた脚を地面に突き刺しバランスを取ると、俺から離れるような挙動を見せる。別にこのまま追いかけても普通に倒せるが、ここはティアに活躍してもらうとしよう。ワッフルに対して見せ場を作らなきゃだしな。

「まかせて！　解放、『ウィンドエッジ』！」

言霊を込めた言葉と共に、ティアが銀霊の剣を振り下ろす。いつでも援護できるようにと宿らせていたであろう精霊魔法が解放されると、吹きすさぶ風の刃がダマグモの全身に無数の切り傷を生じさせていく。

結果、残っていた五本の脚は全て落ち、本体というか体の部分にも無数の傷を刻まれたダマグモは、そのままドサリと地面に転がった。トドメに俺が剣で金色の目を貫くと、断末魔の震えを最後に、ダマグモの命は完全に尽きた。

「イェーイ！　さっすがティア！」

「ふふーん！　私にかかればざっとこんなものよ！　ま、トドメはエドだったけど」

「クロヌリは割としぶといからな。ま、これからも戦い続けるんだから、倒す機会なんていくらでもあるさ」

「そうね」

「わふー！　二人とも凄いのだ！」

ハイタッチして喜びを分かち合う俺達に、ワッフルもまたパチパチ……あるいはモフモフと手を叩いて話しかけてくる。そこにはもう不安も不信もなく、あるのはただ純粋な祝福だけだ。

「エドの剣技もティアの魔法も、どっちも凄かったのだ！　実力を疑って悪かったのだ」

「ははは、いいって。それより、どうだ？　このくらい戦えれば、ワッフルと一緒に仕事ができると思うんだが……」

「勿論なのだ！　今日の仕事が終わったら、早速ワレの推薦で二人の狩証を作るのだ！　そうしたら正式にパーティを組んで欲しいのだ！」

「やった！　ありがとうワッフル」

「わふふ、強い奴を認めるのは当然なのだ。本当なら今すぐ町に引き返して、今日の依頼から二人の実績にしたいところだけど……それは流石にちょっと面倒なのだ。あ、でも、稼ぎはちゃんと三等分するから、それでいいか？」

「勿論。なら残りもサクサク片付けちまおうぜ？」

「おー！」

「頑張るのだ！」

俺の言葉に、ワッフルとティアがやる気の籠もった雄叫びをあげてくれる。どうやら第一関門は無事突破……となれば、あとは言葉通りきっちり仕事をこなすだけだ。

かすり傷一つ負ってはいないし、あの程度で疲れたりもしないので、俺達はすぐに新たな獲物を求めて森歩きを再開する。そうすれば依頼になっているだけあって、ダマグモとの再会にそう時間はかからない。

「正面二、ダマグモ！」

「まかせるのだ！」

鬱蒼とした森の中、陰に隠れるように潜んでいた漆黒の脚長黒玉を発見した俺の言葉に、ワッフルがその場を飛びだしていく。当然ダマグモの方もそれに気づいてワッフルに長い脚を突き刺そうとするが、いずれ勇者になることが確定しているワッフルにその程度の攻撃は通じない。

「甘いのだ！」

敵の攻撃を完全に見切ったワッフルが、雨のように降り注ぐ乱れ突きを必要最小限の動きで滑るようにかわしていく。そうして懐に飛び込むと、ダマグモの本体に右の掌底を打ち込んだ。

「わふっ！」

瞬間、ダマグモの体の後ろ半分が弾(はじ)け飛んだ。与(あた)えた衝撃(しょうげき)を相手の体内に蓄積(ちくせき)させて吹き飛ばすワッフルの得意(とくい)技であり、硬い殻(から)に覆われたクロヌリの体には効果抜群(ばつぐん)だ。

「次はお前なのだ！　わふっ！」

そうしてあっという間に一匹(ぴき)を仕留めると、その足ですぐに二匹目へと向かっていく。

一撃(いちげき)必殺よりも当てることを優先してか、今度のダマグモは前脚四本で正面一帯を薙(な)ぎ払うように攻撃してきたが、ワッフルは刃の鋭さを持つその脚を肉球で受け止め、バシンと弾き飛ばしてしまう。

そうしてがら空きになった本体にも掌底を叩き込むと、二匹目もまた一匹目と同じ運命を辿る。見える敵は殲滅(せんめつ)し終わり、これにて戦闘終了(せんとうしゅうりょう)……となるかと思えば、どうも違うらしい。

「……いるな？」

首筋の後ろに感じる、チリチリとした気配。油断なく警戒(けいかい)する俺の頭上から、不意に三匹目のダマグモが降ってくる。あの巨体(きょたい)でありながら音も立てずに移動し、戦闘終了で気を抜いた隙(すき)をついて死角から首を狙(ねら)うという戦略は敵ながら見事だとは思うが……

「おっと」

そもそも俺が気を抜いていないのだから、そんな攻撃が通じるはずもない。素早(すばや)く横に移動しつつも、ダマグモの落下地点に剣を置いておく。蜘蛛と言いつつ糸を吐いて空中機動ができるわけではないダマグモは、自らの重量によってその体を切り裂かれ、返す刃によってあっさりと絶命した。

まあ仮に不意を突かれても〈不落の城壁（インビンシブル）〉を発動していればかすり傷一つ負うことはないのだが、こんなところで無意味に手札を見せびらかす趣味（しゅみ）もねーしな。

「ふぅ……今度こそ終わりだな」

「流石なのだエド！」

「いやいや、ワッフルだって凄かったぜ。なあティア？」

「ええ、本当に。殴（なぐ）られた敵が体の中からパーンと弾（はじ）けるなんて、まるでゴンゾみたいだったわ」

「え、あのオッサンこんなことできたのか⁉」

「できたわよ？　普通に殴る方が楽だし簡単だから、滅多（めった）に使わないとは言ってたけど」

「わふ、毛無しにもこの技を使える奴がいるのか？　それは凄いのだ。是非（ぜひ）一度戦ってみたいのだ！」

「あー、すまん。スゲー遠くにいるんで、多分無理かと」

「わふぅ、それは残念なのだ」

割と本気で残念そうに、ワッフルがふぁさっと尻尾を振る。それから倒したダマグモの側に近づくと、徐に自分の狩証をその体に当てた。するとダマグモの体から黒い霧のようなものが噴き出し、数秒の後にそれが収まると、ダマグモの体はボロボロと崩れて何の痕跡も残さず消えてしまった。

「何回見ても不思議ね……狩証もそうだけど、そもそもクロヌリの体そのものが不思議だわ」

「ま、普通の生き物じゃなくて、魔王が生み出した存在って話だからな。狩証を使わなくても死ぬと一〇分くらいで今みたいな感じになって消えちまうし、硬い殻の中には真っ黒でブニョブニョした何かが詰まってるだけで、内臓とかそういうのも一切ないんだ。なんで、生き物っていうよりは魔王が生み出した魔法生物……要はゴーレムとかの方が在り方としては近いんじゃねーかって話もあるみたいだぜ」

「へー」

「エドは物知りなのだな！　ワレはそういう難しいことは気にしたことがないのだ」

「ははは、まあ普通の冒険者……じゃない、狩人？　からすりゃ、敵は倒せばそれまでだろうしなぁ」

野生の動物を相手にするのであれば、その生態を研究して学ぶのは必須だ。増えすぎても殺しすぎても飯の種がなくなるし、肉や皮を素材として手に入れるには知識を伴う解体技術が必要になる。

が、クロヌリは倒せば終わりなので、そういうものが一切ない。というかそもそも死んだら一〇分で消えるとなると、研究しようがないというのもある。それでも調べてる誰かが世界の何処かにはいるのかも知れねーが……ま、俺達からすれば「頑張ってくれ」と思うだけだ。

ちなみに、こうしてクロヌリを吸い込ませた狩証を狩小屋に持っていくと、内部に溜まったクロヌリの力の痕跡により何を何匹倒したかがわかるらしい。ゴブリンの耳を切り取って持っていくよりずっと便利な機能だが、代わりにクロヌリからは討伐報酬以外の何も得られないわけで……うん、その辺は一長一短ってことだな。

「それじゃ、残りもさっさと片付けるのだ！　全部終わったらエド達の狩証も作って、あとは二人を歓迎して骨付き肉を食べるのだ！」

「おお、骨付き肉！　よし、頑張るぜ！」

「おー！　……骨は外してあった方が食べやすいんじゃない？」

「えぇー……」

どうやらティアには骨付き肉の浪漫は伝わらなかったらしい。若干残念な気持ちになるも、俺達はそのまま狩りを続け、そして特に問題もなく仕事を終えた。勇者候補であるワッフルの推薦があれば狩証も問題なく作れたし、正式にパーティとして登録もできた。

となると、後に続くのは日常だ。依頼を受けクロヌリを倒し、町に帰って飯を食い、寝て起きたらまた仕事。そんな日々を一週間ほど過ごし……日暮れの町。今日もまた問題なくクロヌリを倒しまくった仕事終わりに、ワッフルがぽつりと不満を漏らす。

「わふぅ、今日の仕事は大変だったのだ……」

「え、そうか？　別に苦戦したとは思えねーけど」

「そうじゃないのだ。クロヌリが強かったわけじゃなく、見つけるのが大変だったって話なのだ」

「あー、そう言われればそうね。見つければあっさり倒せちゃうけど、捜すのにかかる時間はだんだん長くなってるかも……」

ワッフルの言葉に、思案顔になったティアが同意する。確かにここ数日は、戦闘よりも探索の時間の方が圧倒的に長い。俺達の殲滅のペースが速すぎて、クロヌリがどこからともなく湧いて出るのが追いつかないためだろう。

それでも俺が〈失せ物狂いの羅針盤〉を使えば話は別だろうが、あれに限らず俺の持つ追放スキルは軍事的な利用価値が高すぎるものが多いので、基本的に本当に必要な状況以外では秘密にすることにしてるからな。この程度の問題で手札を見せびらかすつもりはない。というか……

「そうなのだ。これじゃあんまり修行にならないし……わふぅ。少し早いけど、そろそろ次の町に移動した方がよさそうなのだ。

　エド達はどうするのだ？　ワレの目的地は国の中心だから、ついてくるとだんだん扱いが厳しくなっちゃうと思うぞ？　ワレの目の届くところなら庇うし、二人の実力なら問題ないとは思うけど、気分が悪くなっちゃうことはあると思うのだ」

「ははは、その辺は別に平気だけど……なあワッフル、実は俺、修行に最適な場所に心当たりがあるんだ。そこに行ってみる気はねーか？」

　実のところ、これは俺が狙った状況でもある。不確定要素が多かったが、どうやら上手くいったようだと内心ほくそ笑みつつも、俺はワッフルにそんな提案を投げかける。

「わふ？　そんなところがあるのか？」

「まあな。普通に人がいる場所じゃねーから、今みたいに依頼を受けて金を稼ぎながらとはいかねーけど、別に路銀に不安があるわけじゃねーだろ？　なら食料とかを買い込んでそこで修行すれば、かなり効率よく強くなれると思うんだが……どうだ？」

「おお、それは凄いのだ！　そういうことなら是非とも行きたいのだ！」

俺の言葉に、ワッフルは黒い鼻先がくっつく勢いで顔を寄せ、パタパタと尻尾を振りながら言う。予想以上の食いつきだが、積極的な分には何の問題もない。

「わかった。じゃあ次の目的地はそこでいいとして、出発は――」

「明日！　明日なのだ！　今夜は早く休んで、明日は朝一で食料を買い込んだら、すぐにそこに向かって出発するのだ！」

「お、おぅ、わかった。じゃあそのつもりで準備しとくな」

「わふー！　明日が楽しみなのだ！」

空でも飛ぶんじゃないかという勢いで、ワッフルが尻尾を振っている。フッフッフ、どこぞの王子様と違って、やはりワッフルは単純……いやいや、まっすぐで素直な勇者様だな。これならあの未来をひっくり返すことも十分に可能だろう。

「随分楽しそうな顔してるわね？」

興奮したワッフルが早足で前を歩くなか、隣に寄ってきたティアが俺の頬をプニプニとつついてくる。

「そうか？」

「ええ。何だかわるーい顔になってるもの」

「悪い顔って……」

確かに物事が自分の思い通りに動くというのは、何とも言えない快感を覚える。が、これはあくまでワッフル達の幸せのためであり、決して俺がワッフルを弄んでいるというわけではない。

「それで？　黒幕のエドはこれからどうするのかしら？　私にも内緒？」

「別に教えてもいいんだが……どうせならワッフルと一緒に驚いてもらった方が楽しそう、か？」

「うわー、やっぱり悪いことを考えてるじゃない！　年上のお姉さんには優しくしなきゃ駄目なのよ？」

「ははは、ならお嬢様にはとっておきのサプライズをご用意させていただきますよ……こんなふうに、ねっ！」

「きゃっ!?」

散々頬をつつかれたお返しに、俺は不意打ちでティアの脇腹をつつき返す。すると顔を真っ赤にしたティアが、ポコポコと俺の体を叩いてくる。

「もーっ、エドのえっち！」

「何だよ、やられたからやり返しただけだろ？　ほら、それより飯に行こうぜ！」

「あ、待ちなさい！　コラー！」

「二人とも、ふざけてないで早く来るのだ！　美味しい肉を一杯食べて、明日に備えなきゃ駄目なのだぞ！」

追いかけてくるティアから逃げつつ、俺はワッフルの側へと駆け寄っていく。こうしてこの町での最後の夜を、俺達は存分に堪能していった。

「わふぅ……エド、ここがその修行場なのか？」

町を出て、時折街道を外れたりしながら移動すること一週間。ようやく辿り着いた最高の修行場所を前に、しかしワッフルがへにょりと尻尾を垂れ下がらせる。

まあ、その気持ちもわからなくはない。森と山の境目であるここにあるのは、半径一〇メートルほどの開けた土地と、切り立った岩壁だけだ。確かに周囲を囲む木々の中よりは戦いやすいだろうが、ただそれだけである。

「確かにこの辺のクロヌリは、少し強いのが多かったのだ。数も前にいた町に比べればずっと多いけど……でもわざわざここに留まって戦うほどじゃないのだ。それともここには、何か特別なクロヌリが出没したりするのか？」

「流石ワッフル、いい勘してるな……半分当たりってところだ」

「半分？　どういう意味なのだ？」

「まあ焦るなって。今開けるから……確かこの辺だったか？」

首を傾げるワッフルをそのままに、俺は石壁に顔を近づけて、目的のものを捜していく。やがて見つけた小さな穴に人差し指を突っ込むと、そこから関節を曲げて……ぬぅ、思ったより狭いな。もっと奥まで突っ込んでから曲げねーと……こうか⁉

ゴゴゴゴゴゴゴゴッ！

「わふっ⁉　な、何なのだ⁉」

「壁が動いてるわ！」

意図しなければ絶対に押せないようなボタンを押すことで、目の前の石壁に亀裂が走り、入り口の扉が開いていく。もし動かなかったら無理矢理斬って開けるしかなかったが、どうやら杞憂で終わってくれたようだ。

「わふぅぅう、壁が動いて穴が開いたのだ！」

「凄いじゃないエド！　何これ、どういう仕組みなの⁉」

「いや、仕組みは知らねーけど……っと、存分に驚いてもらったところだが、本命はまだこの後だぜ？

悪いティア。大丈夫だとは思うけど、念のために中の空気を調べてみてくれ」

「いいわよ…………うん、平気ね」

「ありがとう。んじゃ改めて、どうぞ中へ」

開いた穴は人一人がギリギリ通れる程度の通路となっており、明らかに人の手によって磨かれている左右の壁には等間隔で魔法の明かりが灯っている。そのまま一分ほど進んでいくと、通路の終わりにあったのは半径一〇メートルほどの半球状の空間だった。

「わ、中は随分広いのね？」

「それでエド、ここで一体どんな修行ができるのだ⁉　ワレは早く知りたいのだ！」

少し前までのガッカリした雰囲気は何処へやら、テンションの上がったワッフルが勢い込んで聞いてくる。

「そんなに慌てなくても、すぐに準備するって。えーっと、ここのこいつを回して、後はこっちを……よし。じゃあワッフル、床に引いてあるその線を越えてみてくれ。で、ティアはこっちに。危ないから線を越えてワッフルの方には行くなよ？」

「はーい」

「これでいいのか？」

返事をするティアをそのままに、ワッフルが三日月のように弧を描いて引かれた、内外を分かつ線を跨ぐ。すると部屋の奥に安置されている金属製の箱からスゥッと黒い線が伸びてきて、ワッフルの前で停止すると、その場でニュルリと立ち上がった。

「これはクロヌリなのか？　なっ⁉」

油断せず構えるワッフルの前で、不定形だったクロヌリがワッフルの姿に変わっていく。顔も体も、身に着けている小物すらもそっくりそのままに真似たクロヌリは、完全に変化を終えると同時に猛然とワッフルに襲いかかった。

「わふっ⁉　これは……速いし強いのだ⁉」

「知ってるかもだけど、そいつはミカガミっていうかなり特別なクロヌリだ。対峙した相手の姿と能力を写し取って襲ってくる……つまりは自分自身と戦えるってわけだな。どうだ？　なかなかいい修行になりそうじゃないか？」

「確かに、これはいい感じなのだ！」

俺の言葉に、ワッフルは嬉しそうな声をあげて自分自身との戦いを繰り広げていく。体格も能力も全て互角、それでいてクロヌリは疲労しないので、常に自分より少し手強い相手と戦える……これほどの好条件はそうそう揃うものじゃないだろう。

「ワッフルったら、随分と楽しそうね……でも完全に自分と同じ能力なんて、大丈夫なの？ちょっと調子が悪かったりしたら、普通に負けることもあるんじゃない？」

その様子を遠巻きに見ながらこっちにやってきたティアが、俺にそう話しかけてきた。

だがそんなティアに対し、俺はニヤリと笑って答える。

「ふっふっふ、それも当然想定内だ。おーい、ワッフル！　悪いけど、ちょっとこっちに来てくれるか？」

「わふ？　わかったのだ……ハァッ！」

俺の呼びかけに、ワッフルが力を込めた掌底で黒ワッフルを弾き飛ばす。相手が体勢を崩した隙に一足飛びで線を越えて俺の側までやってくると、当然それを追いかけて起き上がった黒ワッフルもこっちに向かって走り出し……しかし線の直前でその動きが止まる。

「というわけで、見てわかると思うが、このクロヌリはこの線を越えられない。というか、正確にはミカガミの攻撃射程がこの線の内側ってことだな」

「射程？」

「ああ。よーく見りゃわかると思うけど、黒ワッフルの体から後ろの金属箱に向かって、黒い糸みたいなのが伸びてるだろ？　ミカガミの本体はあの箱の中で、こいつはあくまでもミカガミの武器……擬態した触手なんだよ。

で、本体から触手を伸ばせる限界距離が、この線の内側なんだ。擬態したものの体積によって多少距離が変わるけど、よっぽど小さいものに擬態しない限りはこの線を越えてくることはない。だから危なくなったら線の外側に飛べば、基本的には簡単に逃げ切れるってわけだな。二人とも覚えておいてくれ。

ありがとうワッフル、もういいぞ」

「わかったのだ！　じゃ、また戦ってくるのだ！　わっふぅ！」

説明を聞き終えたワッフルが、再び線の内側に戻っていく。格闘の達人同士の戦い、しかも模擬戦ではなく本気の殺し合いは実に見応えがあり、戦いに身を置く者なら金を払ってでも見たいと思うようなものだ。

「っと、そうだな。ワッフルには関係ねーけど、ティアには補足だ。ミカガミの擬態には当然ながら限界があって、まず最初に、飛び道具が使えない」

「え、そうなの？　あんな凄い格闘技術が真似できるなら、弓でも魔法でも普通に使えそうだけど……」

「確かに弓とかを使う技術は身につくんだろうが、矢が作れねーんだよ。あれはあくまで擬態だから、剣とか鎧とかの身につけてるものは再現できるけど、矢はそうじゃねーだろ？　自分の体を切り離して武器にすることはできねーわけだな。

一応どうしてもって言うなら、矢だのなんだのをミカガミの前に放りだしてやれば使うかも知れねーけど……正直微妙だな。武器を使うって概念をクロヌリが持ってるのかがわかんねーし」

たとえば優れた剣術を使えるとしても、それはミカガミ側からすれば剣を握った手ではなく、剣っぽい形をした自分の腕を振るっているに過ぎない。なので矢を与えたところで擬態した弓を使って射るかは疑問が残るところだ。

「なるほどね。あれ？　でもじゃあ、魔法は？」

「ケモニアンは魔法を使えねーから、それに擬態したミカガミも必然魔法は使えねーって話だ。ひょっとしたらティアに擬態した場合使えるのかも知れねーけど、そもそもクロヌリが魔法を使うって事例が確認されてねーから、多分使えねーと思うんだが……そこは要検証だな。だから最初はティアじゃなくてワッフルにしたんだしな」

「ああ、そうだったの。確かに私と同じように精霊魔法が使えたら、大変なことになっちゃうものね」

単純な近接戦闘をするだけなら、ここは十分に広い。ミカガミの本体は最奥に置かれていて、その触手の射程は精々一五メートルほど。つまりこっち側には弧を描く五メートルくらいの安全地帯がある。

が、そこに攻撃魔法の射程が加わると安全地帯など存在しなくなる。おまけにここは密閉空間なので、一定以上の規模を持つ大抵の魔法が致命的な効果を生むことができてしまう。流石の俺も、何の準備も検証もなしにティアを擬態させるのは怖くてできなかった。

「あとは……そうだな。ミカガミが出せる触手は一体につき一本だけで、擬態した触手そのものを倒さなくても、本体に繋がる線を切ればそれで擬態が解けるから、一人が引きつけてる間にもう一人が背後から線を切るとかで、割とあっさり倒せる。

それと、触手はあくまで触手だから、本体を倒さない限りはたとえやられても一時間くらいで復活する。

つまり手加減せずに本気で戦って倒しちまっても、一時間休めばまた戦えるってことだ。どうだ？　スゲーだろ？」

「そうね。捜し回らなくても確実に手頃な敵と戦えるっていうのは、凄く便利だと思うわ。まあ私はあんまり活用できないかも知れないのが、ちょっと残念だけど」

「はは、そこはまあ我慢してくれよ。ここで鍛えるメインは、あくまでワッフルだからな」

万が一、ミカガミがティアの精霊魔法をそのまま使えた場合は、危なすぎてティアに擬態させるわけにはいかない。かといって精霊魔法の使えないティアはまあまあ腕のいい剣士でしかないので、わざわざ訓練相手にするほどでもない。

強いて言うならティア自身が剣の腕を磨くのに使えなくはないだろうが、それなら多分俺が教えた方が効率がいいだろう。

「ふぅぅ……ハアッ！」

と、俺がティアとそんな話をしている間に、ワッフル同士の勝負に決着がついたようだ。ワッフルの掌底が再びミカガミの触手を吹き飛ばしており、その衝撃に耐えきれなかったのか、黒ワッフルはその場で形をなくし、ぐずぐずに溶けて消えてしまった。

「ふぅ、いい汗かいたのだ！」

「お疲れワッフル。なら一時間休憩だな。その次はどうする？」

「わふ？　やっていいならワレがもう一回やりたいけど、その場合ミカガミの強さはどうなるのだ？」

「ん？　ああ、擬態の能力はその都度更新されるから、ちゃんと強くなった自分と戦えるはずだぜ。ただしクロヌリは疲労や痛みを感じないから、怪我したり激しく疲れたりしてる場合は注意だ」

怪我そのものは擬態されるが、痛みを感じないクロヌリの挙動は擬態元である人間のそれとは大きく異なる。痛みと疲労を抱えたまま絶好調の自分と戦うのは……それはそれでいい訓練になるのかも知れねーが、正直あまりオススメはできない。

「ワレは疲れてもいないし、怪我もしていないから問題ないのだ！　そういうことなら、もう一回ワレが戦いたいのだ！」

「わかったわかった。なら次もワッフルな。その間にちょいと準備をして、次はティアがやってみるか？」

「いいの？　っていうか、エドはやらないの？」

「俺か？　俺はなぁ……」

如何に対峙者の能力を模倣するクロヌリだろうと、神の力であろう追放スキルを真似できるとは思えない。となると全力同士で戦った場合、俺の圧勝になってしまう。

（いや、でも、追放スキルを使わない純粋な剣技ってことなら、確かにいい訓練になる、のか？）

「そう、だな……なら一回くらいはやってみてもいいかもな」

「おお、それは楽しみなのだ！」

「私も！　エドの戦っているところをじっくり見る機会なんて、滅多に無いものね……っと、そうだ。ねえエド、もう一つ質問いい？」

「ん？　何だ？」

「このミカガミって、自分としか戦えないの？」

「いや、戦闘状態が続いてれば、他人とも戦えるはずだけど……」

「なら、私エドと戦ってみたいわ！」

「わふっ⁉　それならワレも！　ワレもエドと戦ってみたいのだ！」

「俺と⁉　そいつは……ちょっと危ねーと思うぜ？」

目をキラキラさせて食いついてくる二人に、しかし俺は渋顔になる。たとえ追放スキルが使えなかったとしても、俺の剣技は一〇〇年かけて磨き上げたものだ。それをミカガミが完全再現できるかはわからねーけど、もしできるなら……そして俺自身のように手加減を一切しないというのなら、普通に二人が死ぬ可能性がある。

が、そんな俺の懸念がお気に召さなかったのか、ワッフルが挑戦的な視線を投げかけてくる。

「ワレのことを心配するなんて、エドはちょっと調子に乗っているのではないか？」

「そうね。ここは私達がエドのことをコテンパンにやっつけて、実力を証明してあげなきゃ駄目よね？」

「ええ、そういう流れ？　まあ俺自身で戦ってみてからなら、考えてもいいけど……」

「約束したのだ！　わっふっふ、今からエドがワレに負けて、泣きそうな顔で土下座する未来が見えてきたのだ！」

「覚悟しなさいよエド！　私の剣で真っ二つにしちゃうんだから！」

「何それ怖い……まあ本気の交流戦ってのは、確かに修行としてはいいと思うけどさぁ」

何だろう。何かこう、元々想定していたのとは違うモチベーションの高まりを感じる。

これなら確かにワッフルもティアも強くなれそうな気がするが……むぅ。

「……まあいいや。じゃ、勇者選考会までの限られた時間で、全員纏めて最強を目指そう！」

「おー！」

「わふー！」

天に向かって拳を突き上げ、三人揃って雄叫びを上げる。こうして俺達の修行の日々は幕を開けたのだった。

「すぅ……………はぁ…………」

静かに呼吸を整えながら、ワッフルが両手を前に出した構えを取る。それに相対するのは、全身が黒一色で染め上げられた人間の剣士だ。人の形を模しただけのソレは、されど元となった人と同じくらいに滑らかな動作で剣を振り上げ、ワッフルに向かってまっすぐに斬り下ろす。

「わふっ！」

その動きを見切ったワッフルは、短く息を吐いて力強く左足を踏み込んだ。同時に右手を強く引き込むことで半身となり、ワッフルを両断するはずだった剣先は茶色い毛先をいくらか斬り飛ばすだけで終わる。そうして自慢の毛並みを乱された代償に得たのは、値千金の攻撃の機会。

「ハァッ！」

俺の姿を模したミカガミ、その腹の部分にワッフルの渾身の掌底が決まると、ミカガミはバシャリとその場で弾け飛び、黒い霧となって消えていった。

「やったのだ！　遂にエドを倒したのだ！」

「おおー！　お見事！」

歓喜の雄叫びをあげるワッフルに、俺の隣で観戦していたティアがパチパチと拍手を送る。それを受けて満足げに尻尾を振りながら目の前にやってきたワッフルが手を上げたので、俺はその肉球にパチンと自分の手を打ち付けて応えた。

「はっはっは、遂にやられちまったなぁ」

「やってやったのだ！　にしても、毛無しのエドがこんなに強いなんて、もの凄く驚きなのだ」

「ま、俺もそれなりに鍛えてるからな」

俺に擬態したミカガミは、ぶっちゃけ相当に強かった。流石に一〇〇年磨き上げた俺の剣技を完全に模倣することはできなかったようだが、それでも並の剣士なら裸足で逃げ出

す強者っぷりだ。だと言うのに、ワッフルはそれをわずか一ヶ月ほどの修行で打ち倒してしまった。如何にケモニアンが身体能力に優れているとはいえ、この卓越した戦闘勘は正しく勇者といったところだろう。

ちなみにだが、やはりミカガミに魔法は使えないらしく、ティアを模倣したミカガミはまあまあの腕前の軽剣士という感じで終わっている。俺やワッフルがあっさり倒してしまったので、ちょっとだけむくれたティアが何とかミカガミに魔法を教えようとするなんて一幕もあったが……はは、今となってはいい思い出だ。

「わふぅ、ここは本当にいい修行場だったのだ。ありがとうエド。エドがここを使わせてくれたおかげで、ワレはもの凄く強くなれたのだ！」

「どういたしまして。てか、強くなれたのはワッフルが本気で訓練しまくったからさ。別に俺の力じゃねーよ」

「そんなことはないのだ！　最初の予定通り、その辺を回って強いクロヌリを倒すだけだったら、きっとこんなに強くなれなかったのだ。だからエドには本当に感謝しているのだ！」

そう言って、ワッフルが手を横にして差し出してくる。人間の握手と同じそれは、相手を対等だと認めた証だ。ケモニアンは割と上下関係を重んじる種族なので、これほどの短期間で対等に扱われるのは稀だ。

勿論その辺は個人差もあるし、ワッフルのまっすぐな性格とかもあるんだろうが……どうしよう、ちょっと嬉しい。一周目の時は最後までこの握手はできなかったもんなぁ。まああれは俺が不甲斐なかったからって理由が全てだけど。

「そっか。役に立てたなら何よりだ」

とはいえ、ここで大仰に反応するのは違うだろう。軽い口調で、だが固く握った手からはモフモフとプニプニの両方が押し寄せてくる。それを存分に堪能してから離すと、ワッフルが改めて口を開いた。

「さて、それじゃきりもいいし、そろそろ勇者選考会のために移動するのだ」

「そうか。確かにそろそろ行っとかねーと、宿の確保も大変だろうしなぁ」

「なら、身支度を整えたら早速行くのだ！」

次の目的地が決まり、俺達はサクッと準備を整えて出発する。道中ではやや強めなクロヌリと遭遇することもあったが、今のワッフルからすれば敵ではない。

「わっふっふ！　もうお前達程度じゃ相手にならないのだ！」

「うわー、凄いわね」

「おう。まさに絶好調って感じだな」

笑いながらクロヌリを吹き飛ばしていくワッフルを、俺達は援護すらせずただ少し離れたところから見守る。せっかく気持ちよく戦っている勇者様を邪魔するのは無粋だからな。

「そうだ。ねえエド、今までワッフルが一緒だったから聞けなかったことがあるんだけど、いい？」

「ん？　何だ？」

無双するワッフルをそのままに、不意にティアが話しかけてきた。俺が顔を向けると、翡翠の瞳を好奇心で輝かせたお嬢さんが、小さく耳を揺らしながら問うてくる。

「あの修行場って、結局何だったの？　ワッフルは知らないみたいだったから、前の世界でワッフルと一緒に訓練した場所ってわけじゃないのよね？」

「ああ、それか。前回も訓練してるけど、確かにタイミングは今じゃねーな。もっとずっと先だ」

「やっぱり！　でもじゃあ、どういう場所なの？　あんなに整備されてて訓練にも最適な場所なのに、どうして誰も使ってなかったの？」

「誰も使ってなかったのは、時期的な問題だな。当たり前の話だけど、あの修行場ってミカガミを猛烈に酷使してるだろ？　だからあの場所の本来の管理者は、使ってもいい時期を限定してるんだ。それが今じゃないから誰もいなかったってわけだな」

「え⁉　でも、私達は思いっきり使っちゃったわよ⁉」

「まあ、な。そこは……ほら、あれだ。報酬の先払いってことで」

「報酬？」

「そうだ。本来あの場所の情報を得るのは、勇者選考会が終わった後のことなんだよ。ただそこではちょいと嫌な事件があってな……」

言いながら脳裏に蘇る光景に、俺は思わず顔をしかめる。今思い返しても、あれはろくでもない事件だった。

「……あんまり聞かない方がいいこと？」

「そうだな。ティアは割と顔に出る方だから、今は我慢してくれ。話を聞いちまうと、どうしても関係者と会った時に態度に出ちまうだろうからな」

「むっ、それは……否定できないわね」

あえて軽い口調で言う俺に、ティアがむむむと眉根を寄せる。こんなやりとり一つでもいくらか心が軽くなる気がするのだから、我ながら調子がいいもんだ。

「まあとにかく、その事件の後に聞いた話のなかに、この修行場の情報が混じってたんだよ。でも、俺は今回事件そのものを無かったことにしようと思ってる。だからこいつはその先払いだ」

「……言ってることはわかるけど、でもそれって相手からすると、何も起こらないのに勝手に報酬だって言われて施設を無断使用されたってことよね？　怒られない？」

「フッフッフ……いいかティア、こんな言葉がある」

くいっと小首を傾げるティアに、俺はニヤリと深い笑みを浮かべる。

「『罪というのは、それが発覚した瞬間に罪となる。誰も知らない罪は、それ即ち無罪である』……実に含蓄のある言葉だと思わねーか？」

「うわぁ……エドが凄く悪い顔をしてるわ」

「いいんだよ！　世の中綺麗事だけじゃ回らねーんだし、この先のことを考えるとどうしてもワッフルの実力を底上げしときたかったんだ。ちょいと泥を被る程度でこの先の悲劇が回避できるなら、そのくらい幾らでもやってやるさ」

自分の進む道が、王道、正道ばかりじゃないことなど、最初からわかりきってることだ。道を踏み外して外道に落ちる気はねーが、獣道くらいなら笑って踏破してみせる。そんな俺の微妙な覚悟を、しかしティアは怒るでもなく笑顔で受け止めてくれる。

「そう。なら話しても大丈夫になったら、ちゃんと私にも教えてくれないと駄目よ？　一人で背負うなんて欲張り、許さないんだから！」

「……ああ。そん時は頼むよ」

「任せて。これでも割と力持ちなんだから！」

華奢な腕をムンッと曲げて力こぶを作ってみせるティアの笑顔の魅力を堪能していると、程なくしてクロヌリを全滅させたワッフルが、上機嫌に尻尾を振りながら戻ってきた。その後も特に問題はなく俺達の旅は快調に進み……選考会の開始まで一週間を残し、俺達は目的の町、プーニルへと到着することができた。

「うわー、すっごい人混みね。これ全部勇者選考会が目当ての人達なのかしら？」

「全部とまでは言わねーけど、大半はそうだろうなぁ」

人口五万人を誇る大都市なので、そもそもの賑わいも相当なはずだ。が、今は人が一〇人並んでも余裕で歩けるような大通りすら、誰かと肩をぶつけずに歩くのは難しいほどの混雑具合になっている。

「これ、宿とか平気なの？　絶対何処も満室よね？」

「そう、だな。ちょっと厳しいかも……」

一周目の時は開始一ヶ月前に到着していたので、普通に宿を取ることができた。その記憶が残っていたので何となく平気な気がしていたが、これは見込みが甘かったと言わざるを得ない。

「最悪町の外で野宿すりゃいいけど、それだと会場まで遠いんだよなぁ」

勇者選考会の行われる闘技場は、町の中心にある巨大な建物だ。最大収容人数が三万人であるとはいえ、この賑わいを鑑みれば全ての席が埋まってなお足りないという話も大げさには聞こえない。野外で寝泊まりなんてしたら、会場につく頃には壁の外にしか居場所がないなんて状況が現実味を帯びてしまう。

「ふーむ。ならエド達はワレと一緒の宿に泊まるか？　ワレの故郷は遠すぎて誰も応援に来てないから、家族枠の部屋が一つあるはずなのだ」

「え、いいのか⁉」

思いがけないワッフルの提案に、俺は驚きの声をあげてしまった。当時の不甲斐なさを思えば当然だが、一周目の時にこんな提案はされていない。なので無意識に可能性を排除してしまっていたのだが……そいつは確かにありがたい。

「いいのだ！　ワレもエドには沢山お世話になったから、このくらいお安いご用なのだ！」

「そっか。ならありがたく甘えさせてもらうぜ。よかったなティア、ここなら風呂があるぞ？」

「えっ、お風呂があるの⁉　何それ、最高じゃない！」

勇者パーティとして活動していただけあって、長期間水浴びすらできないような環境にも慣れているが、それでも元来のティアが綺麗好きであることに変わりはない。風呂があるという情報は、ティアにとって想像以上に好感触だったようだ。

「じゃあ宿はそれでいいとして、とりあえず手続きをしちまおうぜ。まだ余裕はあるだろうけど、登録し忘れて出られませんでしたとか笑えねーしな」

「わふっ！　なら早速闘技場へ行くのだ！」

通りの中央を堂々と歩くワッフルに先導され、俺達は町の中心にある闘技場へと歩いていく。五〇〇年以上の歴史があるらしいそれはしっかりと手入れが為されており、年月の重みを感じさせはしても決して古くさいという印象は受けない。

「はー、スゲーなぁ」

「本当。近くにくると何だか圧倒されちゃうわね」

一周目の時は本当に「ワッフルについていっているだけ」だったのでゆっくりと見る余裕もなかったが、こうして改めて見上げると迫力が凄い。ティアと一緒に思わず見とれていると、少し離れたところからワッフルが大声で俺達を呼ぶ。

「おーい、二人とも！　こっちなのだー！」

「おっと、すまん。あんまり見事な建物だったから、つい見とれちまったよ」

「わふふ、この闘技場にはケモニアンの歴史が詰まってるから、当然なのだ！」

軽く謝罪する俺に、ワッフルは気にしないどころか嬉しそうに尻尾を振る。誇りある自国の文化を褒められりゃ、そりゃ悪い気はしないだろうからな。そのまま観覧希望者の行列を通り抜けて、その脇にある扉をくぐって事務所の中に入っていくと、すぐに事務員と思われる女性……白くふっさりした毛並みが美しい、犬系のケモニアンだ……が俺達に声をかけてきた。

「お客様、何かご用でしょうか？　こちらは事務所となっておりますので、観覧のご希望であれば表の受付の方ですが……」

「違うのだ！　ワレはワッフル！　ブルート様からの推薦を受けた勇者候補なのだ！」

そう言って、ワッフルが腰の鞄から手紙を取り出す。それを受け取った事務員の女性は真剣な表情で中を検めると、次いで丁寧に一礼をした。

「失礼致しました。書状の確認を致しましたので、こちらで受付をお願い致します」

「わかったのだ！」

促されたワッフルが受付カウンターの前に立ち、ペンを手にして書類に書き込んでいく。ケモニアンの短い指では文字など書けないだろうと馬鹿にする人間がいるようだが、それはあくまで人を基準にした身体的特徴の問題であり、ケモニアン達は別に不器用でもなんでもない。自分達に合わせた文具を使えば、ごく普通に使いこなすことができるのだ。

ちなみに、今ワッフルが使っているのは彼のように太く短い指を持つケモニアン用の指輪型のペンであり、細かく手首を動かすことで流麗な文字で……雑な書き方ばかりする俺より、ちょっとだけ上手い気がする……自分の名前を綴っている。

「これでいいか？」

「はい、結構です。では――」

「おいおい、こんな小せぇ奴まで勇者候補なのか？」

と、そこで不意に事務所の奥から声が飛んできた。俺達がそちらに顔を向ければ、そこには一九〇センチ近い筋肉質の大柄な体つきと、極めて短く刈り揃えられた艶めく黒い体毛を持つケモニアンの男が立っていた。

「む？　何なのだお前は？」

「は？　テメェ、この俺を知らねーのか⁉　勇者候補筆頭であるドーベン様だぞ⁉」

「うむ、これっぽっちも知らないのだ！」

「ぬがっ⁉　テメェチビ助、いい度胸じゃねーか……」

自分の名を知らない奴などいるはずないと思い込んでいたような男……ドーベンが、皮肉でも何でもなく素でそう返すワッフルの態度に面食らう。そのまま因縁をつけるようにワッフルの顔に自分の顔を近づけていったが、すぐにその表情が苛立ち紛れのものから楽しげな笑みに変わった。

「……へぇ？　チビ助、お前強いな？」

「当然なのだ。勇者候補なんだから、弱いわけがないのだ！」

「ハッハッハ、そりゃーそうだ！　いいぜいいぜ。お偉いさんがねじ込んだだけの勇者候補ならここでぶん殴ってやるところだが、本当に強いなら何の文句もねぇ！　ワッフルとか言ったな。お前と戦えるのを楽しみにしてるぜ！」

「ワレもなのだ！　この肉球でお前なんてプニプニにしてやるのだ！」

「ケッ、言ってやがれ！」

そう乱暴に言い捨てつつも、機嫌よさげに短い尻尾を揺らしながらドーベンが事務所を後にしていく。その後ろ姿を見送っていると、不意にティアが俺の袖をクイクイと引っ張ってきた。

「ねぇエド。今の人、かなり強いわよね？」

「お、ティアにもわかるか？　ああ、ドーベンは相当に強いはずだ」

「ならどうして……ううん、続きはまた後で聞くわ」

どうにも腑に落ちないものを抱えるような顔で、しかしティアが会話を打ち切ってくる。ならばと俺も言葉を呑み込み、大人しく待つことしばし。手続きを終えたワッフルが、俺達の方に近寄ってきた。

「お待たせなのだ！」

「おう。もういいのか？　名前を書き忘れた書類とかないか？」

「ないのだ！　ない……ないよな？」

俺の言葉に、ワッフルが少しだけ不安げに振り返る。すると受付の女性がにこやかに頷いてみせ、それを受けたワッフルが俺に向き直り胸を張る。

「うむ、ないのだ！」

「そうかそうか。なら、俺達の宿の手配も平気なんだな？」

「勿論なのだ！　それで二人にお願いしたいことがあるのだけど……」

「ん？　何だ？」

「私達にできることなら、大抵のことは力になるわよ？」

「おお！　なら時々でいいから、ワレと組み手をして欲しいのだ！　不正や不慮の事故を防ぐために参加者同士の組み手は禁止されてるけど、一週間も自己鍛錬だけじゃ腕が鈍ってしまうのだ！」

「何だ、そんなことか。俺は勿論いいぜ。ティアは？」

「当然、私もいいわよ。あ、でも、攻撃魔法を使わないなら、私が直接戦うより魔法でエドを補助する方がいいかしら？」

「うーん、その辺はワレの感覚がずれないように、いい感じに調整してくれればいいのだ！」

「ふわっとしてんなぁ……ま、いいさ。いい感じだな、努力するよ」

「わふーっ！　ありがとうなのだ！　これでドーベンとかいう奴にも負けないのだ！」

協力を承諾したことで、ワッフルが拳を振り上げ無邪気に喜ぶ。小さな子供ならともかく、よくもまあ二〇歳を超えてもこの素直さを維持できるもんだとちょっと感心するところだが……それこそがワッフルのいいところだ。俺はそれを大事にしてやりたい。

「じゃ、まずは宿に行って荷物を置いたら、町に繰り出すのだ！　ワレもこの町に来るのは久しぶりだから、一緒に見て回るのだ！」

「わーい！　楽しみ！」

「ほどほどにな」

そうしてやるべきことをひとまず終えた俺達は、祭りの気配に沸き立つプーニルの町を堪能した。ワッフルがいるおかげで変に差別されたりすることもなく、終始楽しいだけの時が過ぎ去り……そして夜。ベッドは二つ並んでいるのに、何故か薄い夜着になったティアが俺のベッドの方に腰掛けていた。

「なあティア。もうちょっとこう、慎みとか恥じらい的なものを持ってもいいんじゃねーか？」

「何よ今更。あ、ひょっとして照れてるの？」

「照れるっつーか……まあソワソワくらいはするかな？」

主観では一〇〇年以上生きているとはいえ、俺の体は健康な二〇歳の男だ。平均より薄まっている気はするが衝動とか欲求はそれなりに感じるので、思うことがないわけではない。

「あ、そうなんだ。ふーん……」

そしてそれを告げられたティアが、ベッドに落とした尻を浮かせて、手のひら一つ分くらい俺から離れる。が、すぐにそんなことはどうでもいいとばかりに、俺の方に遠慮なく顔を近づけてきた。

「まあ、それは今はいいわよ。それより昼間の……えっと、ドーバン、ドービン……ドーベン！　そう、ドーベンよ！　あれ一体どういうことなの⁉」

「どうって、何が？」

「あの人、今のワッフルと同じくらい強かったわよ？　なのにどうやって昔の世界のワッフルはあの人に勝ったの？」

「それか……そうだな。もう初対面は済ませたし、話すか」

真剣な表情で聞いてくるティアに、俺は知らず表情を曇らせながら、小さく息を吐く。

確かにドーベンは、あの修行場で鍛えた今のワッフルくらい強い。そして一周目のワッフルは、あの修行場でミカガミ相手に訓練なんてしていない……つまり今より格段に弱かった。

ならどうして弱いワッフルが、強いドーベンに勝てたのか？　そこにあったのは、戦士の誇りを蔑ろにする政治家達の思惑だった。

「今から一週間後、あの闘技場で一六人の参加者による勝ち抜き戦が行われる。一日目が初戦の八試合、二日目が二戦目と三戦目の六試合。で、三日目が決勝で、そこで勝つと勇者に認定され、その後は式典って感じだな」

「へー、勝ち抜きなのね。でもそれだと相性の悪い相手に当たったりしたら不利じゃない？」

「公平を期すなら総当たりなんだろうが、そこは『相性が悪い程度で負けるような奴に勇者が務まるはずがない』ってことらしいぜ。ま、一理あるな」

命がけの実戦に、公平なんてもんがあるわけがない。ましてや勇者ともなれば、その戦い方や得意技、逆に苦手にすることなんてのは敵に研究され尽くすものだ。クロヌリにそんな知能があるかは別だが、少なくとも「苦手な相手だから負けても仕方ない」なんて甘い覚悟で名乗れるほど、勇者は安い肩書きじゃないだろう。

「それに、勇者選考会はあくまで試合であって、殺し合いってわけじゃねーからな。人心を纏める象徴として勇者を決めたいってだけで、負けた一五人だって普通にクロヌリと戦い続けるわけだから、こういう条件にしたんだと思う」

「あ、そうか。それもそうよね。えっと……じゃあひょっとして、ドーベンは相性の悪い相手と戦って疲弊したところをワッフルに負けた、とか？」

「そうだったら、誰も不幸にならなかったんだろうけどなぁ」

今ほど強くなかったというだけで、当時のワッフルだって決して弱かったわけじゃない。組み合わせの妙で勝利を勝ち取ったというのであれば、勝ったワッフルも負けたドーベンも、そこまで引きずることはなかっただろう。

「ワッフルの方は、特に言うことはない。決勝までの三戦は、普通に実力で勝った。ドーベンの方もそれは同じだけど、そっちの方がより安定してるって言うか、圧倒的って感じだな。翌日に引きずるような怪我をしたわけでもなし、一晩寝て互いにベストコンディシヨン。なら順当にいけばドーベンが勝ちそうだが……そうはならなかった」

「……何があったの？」

「普通に観戦している分には、何もなかった。二人は普通に戦い、ギリギリのところでワッフルが勝った。強いて言えばドーベンの動きが精彩を欠いていたように見えたから、実はぱっと見だと気づかないような怪我をしていたとか、前の二日間を飛ばしすぎたせいで体力が回復しきれなかったとか、噂としてなら色々流れてたが……真実は違う。

ドーベンは、ワッフルに負けろと要求されてたんだ。家族を……この町に応援に来てた妹を人質に取られてな」

「何それ⁉」

俺の言葉に、ティアが隠すことなく憤りを露わにした。俺の顔のすぐ近くでこっちを見つめる翡翠の瞳には、怒りの炎がこれでもかと燃え上がっている。

俺はそうして興奮するティアの肩に手を乗せ落ち着けると、あまりにも苦いその記憶を、ゆっくりと言葉にして吐き出していった。

「何でそんな要求を出されたのか、それは今の俺にもまだわからん。だが少なくとも当時の俺も、そして勿論ワッフルもそんなことは知らなかった。実力で勇者の座を勝ち取ったと信じて疑わないワッフルに対し、ドーベンは何も言わずに町を去る。そのまま二度と再会しなければそれはそれで終わる話だが……ワッフルが勇者になって三ヶ月後、ドーベンの生まれ故郷の村が、クロヌリの大群に襲われた」

「っ…………」

ハッと息を呑んだティアが、無言のままこちらを見つめてくる。気になるけれど、聞きたくない。でも聞かずに逃げるなんてできない……そんな複雑な想いの籠もった瞳に、俺は更に言葉を続ける。

「一応言っておくが、この襲撃は誰かの仕込みとかじゃなく、本当に運が悪かっただけだ。勇者であるワッフルはその知らせを受けてすぐに村へと駆けつけたが、その時には既に大きな被害が出ていた。

間に合わなかったことを悔しがるワッフルだったたが、そこにドーベンの姿を見つけた。自分と勇者の座を争った強者の姿に喜び、ワッフルは共闘を申し出る。だがドーベンは頑なにそれを拒否して……結果村はほぼ壊滅。多数の死傷者が出て……そこにはドーベン自身も含まれた」

「死んじゃったの……？」

泣きそうな声の問いに俺が小さく頷くと、ティアの頭がコツンと俺の肩に乗せられる。俺はそんなティアの肩を抱きながら、物語の結末を告げる。

「生き残った村人に、ワッフルは問うた。どうしてドーベンは協力してくれなかったのか？　二人で力を合わせれば、もっと沢山人を助けられたはずなのに、何故？　そこで聞かされたのが、さっきの話さ。

　自分の勝利が仕組まれたものだと知り、ワッフルはその場に崩れ落ちた。泣くことすらできず、虚ろな目で空を見上げながらひたすら「ごめん」と謝罪し続けるワッフルの姿に、当初は侮蔑を露わにしていた村人も流石に同情してな。その時に教えてもらったのが、あのミカガミの修行場だ。

　今の自分を恥じる気持ちがあるなら、そこで修行して強くなれ。ドーベンからかすめ取った勇者の肩書きに相応しくなれるように、その力を磨け……そう言われて、俺達はあの修行場に行ったんだ。

　修行場に辿り着いたワッフルは、自殺一歩手前みたいな訓練を始めた。俺は何度もそれを諫めようとしたが、当時の俺達の関係性じゃ、俺の声はワッフルには到底届かなかった。そうして二ヶ月くらい経つと、当時のワッフルは今のワッフルよりも更に強くなっていたが……代わりに一切笑わなくなっていた。他人から言われない限り絶対に自分を『勇者』だと名乗らなくなったし、夜はいつもうなされていて、時折すすり泣くような声が聞こえた。

　それでも世界は、勇者を求める。どんな心持ちであろうともワッフルは周囲の期待に応えるべく魔王討伐の旅を続け……最後にケモニアンしか入れないっていう試練の洞窟だか迷宮だかの前で、俺はこの世界を『追放』されて……それで終わりさ」

「それって、魔王はどうなったの？」

「わからん。その後ワッフルが無事に魔王を倒せたのかどうか、それすら俺には知る由もない。当時は『勇者顛末録』なんて便利なものはなかったからな」

「それじゃ、何の救いもないじゃない！　そんなのあんまりだわ！」

　ティアの頭が俺の胸に転がり込んできて、そのままギュッと抱きしめられる。俺もまた寝るために着替えていたから、ティアの流した悲しみが俺の胸に熱く染みこんでいく。

「ワッフルも、ドーベンも……エドだって！　みんなみんな頑張ったのに！　誰も悪くないのに！　なのに誰も救われないなんて……そんなの悲しすぎるわ」

「そうだな……でも、起きちまったことは変えられねーよ。そんなことができるのは、神様だけだ」

「それはそうだけど……」

「……おい、ちゃんと俺の言ったことを理解したのか？　起きちまったことは変えられない……なら起きる前なら変えられるってことだろ？」

「っ⁉」

　ガバッと、ティアが顔をあげる。涙に潤む翡翠の瞳に、俺はニヤリと笑ってみせる。

「そうだ、運命は変えられる。そのためにこそ俺はここにいるんだ。神の定めた運命を蹴っ飛ばす大悪事だが……手伝ってくれるんだろ？」

「任せて！　私にできることなら、何だってやってみせるわ！」

「おう、頼りにしてるぜ」

瞬時にやる気を張らせたティアが、潤む瞳をそのままに笑う。そんな頼りになる相棒を共犯者に仕立て上げるべく、俺は今後の計画を詳しく伝えていった。

第二章　転ぶ石が見えているなら、全部どかしてやればいい

「やあやあ、そこにいるのはドーベン君じゃないか！」

町に到着してから、三日目。建物や道の配置をチェックして下準備を終えた俺は、町で見かけたドーベンに対して馴れ馴れしくそう呼びかけた。

勿論、この出会いは偶然じゃない。ちゃんと〈失せ物狂いの羅針盤〉でドーベンがいる場所を時折調べ、人間である俺がいてもおかしくない場所に来たのを見計らってわざわざやってきたのだ。

まあおかしくないと言っても「比較的」ではあるので、勇者候補として割と有名なドーベンに気安く話しかける毛無しとして軽い注目は集めたが、そこも含めて全てが計算済みである。

「ん？　何だテメェ？　俺は毛無しに知り合いなんていねーぞ？」

「おいおい、もう忘れちまったのか？　ワッフルが選考会の出場登録をしてるときに一緒にいただろ？」

「あー？」

俺の言葉に、ドーベンが割と深めに首を傾げる。どうやら本当に覚えていないらしいが、まあ本当に一緒にいただけで声をかけてすらいねーんだから、それも当然だろう。

「そういや、あいつの側に毛無しがいたような……まあいいや。で？　その毛無しが俺様に何の用だ？」

「別に用ってわけじゃねーよ。見知った顔を見つけたから声をかけただけで……強いて言うなら、こうして会うのも何かの縁だし、一緒に飯でも食わねーか？　酒の一杯くらいなら奢るぜ？」

「アァ⁉　テメェ、俺を舐めてんのか⁉　何でこの俺が、テメェみたいな毛無しと飯を食わなきゃならねーんだよ。しかも酒って、んなもん飲むわけねぇだろうが！」

「ありゃ？　そんな怖そうな顔して、まさかドーベン君ってばお酒飲めねーの？　そういうことならお子ちゃまなドーベン君に合わせて、奢るものを肉に変えてやってもいいぜ？」

「……そりゃ俺に喧嘩売ってんのか？」

ケラケラと笑ってみせる俺に、ドーベンが牙を剥き出しにして睨み付けてくる。

「誰の差し金だ？　ワッフル……はこんなつまんねーことをするようには見えなかったが、誰だっていい。言っとくが、毛無し如きと戦ったからって、俺は怪我どころか疲れすらしねーぞ？」

「おお怖い！　そう物騒なことを言うなって。俺はただ、純粋にお前と親交を深めたいと思っただけさ。それにはこれが一番手っ取り早いだろ？」

両手をあげて見せた俺が、そのまま拳を握り込んで体の前に持っていった。ファイティングポーズを取ってみせた俺に対し、周囲の野次馬達がにわかに騒ぎ始める。

「調子乗ってんな毛無し！　ぶっ殺されちまえ！」

「そこまで言われてやりかえさねーとか、テメェ尻尾生えてんのか⁉」

「ほらほら、周りの連中も期待してるぜ？　どうするドーベン？　尻尾を丸めて逃げ出すか？」

「ったく……フッ！」

呆れたような表情で軽く頭を掻いたドーベンが、構えすらしない状態から右の拳を繰り出してくる。速く鋭いその一撃は並の冒険者くらいなら一撃で沈められただろうが……

「おっと、危ない」

「……何⁉」

正確に顎を狙って来た一撃を、俺は片手で受け止めた。いくら身体能力に差があるからって、本気でもない一撃を見切れないほど俺は弱くない。というか、受けられるとわかってたからこんな挑発をしたんだしな。

だがドーベンの方は違う。毛無しである俺に攻撃を止められ、その目が初めて俺の顔をしっかりと見てくる。

「今のをあっさり止めるか……おい毛無し、テメェもなかなか強いな？」

「ま、それなりにはな。で、どうする？　ここで続きをやるか？」

「いや、場所を変えよう。ついてこい」

そう言うと、ドーベンは俺の返事を待たずにさっさと歩き出してしまった。周囲の野次馬達からの「何逃げてんだよ！　最後までやれ！」というブーイングを完全に無視してその後をついていくと、ほどなくして人気の無い広場のような場所に辿り着いた。おそらくは選考会参加者全員に割り当てられている訓練場の一つだろう。ワッフルとも似たような場所で組み手をしたしな。

「ここなら余計なことを騒ぎ立てる外野もいねーし、飛んできた衛兵に止められることもねぇ。練習相手の毛無しがうっかり死んだりしても事故ってことで片付けられるしな」

「そいつぁ怖い。けどそれって、ケモニアンの勇者候補が毛無し如きにボコボコにやられても誰も止めに入らねーってことでもあるんだろ？」

「……そうだな」

俺を見るドーベンの目が、スッと細められる。漲る闘志は強烈で、殺す気はなくても死んだら仕方ない……そんな考えが透けて見える。

ならばと俺も、改めて拳を握る。相手の目をまっすぐに見つめ……つかの間の静寂が場を満たす。

「オラァ！」

先に動いたのはドーベン。地面が抉れるほどの力強い踏み込みから放たれるのは、ブォンと風を切る音が聞こえそうなほどの右ストレート。俺はそれを首をひねってかわし、お返しとばかりに差し出された顎に右のアッパーをお見舞いする。

「ハァッ！」

「んなもん食らうか！」

しかし、俺の放った拳もまた背を反らせたドーベンに綺麗にかわされてしまう。そんな一進一退の攻防が五分ほど続くと、まるで示し合わせたかのように、互いに荒い息をつきながら一旦距離をとった。

「ハァ、ハァ、ハァ………やるじゃねーか、毛無し……」

「ハァ、ハァ、ハァ…………そっちこそ。伊達に勇者候補じゃねーってか」

「当たり前だ………ふぅ………」

少しずつ呼吸が整いつつあるドーベンが、視線をチラリと俺の腰に向ける。そこに佩いているのは、愛用の鋼の剣だ。

「テメエ、剣士だろ？　何で剣を使わねぇ？」

「そっちだって使ってねーだろ？　なら俺だけ使うわけねーだろうが」

訓練場には、当然ながら武器も転がっている。だがドーベンはそれを手に取るそぶりすら見せていないし、何より拳で殴りかかってはきても、爪で切り裂いたり牙で噛み付いてきたりはしていない。もしそいつを活用されていれば、この五分で俺はズタボロにやられていたことだろう。

「毛無しのくせに、俺と対等のつもりか？」

「ハッ！　強さに毛なんざ関係ねーだろ！　さあ、再開といこうぜ！」

「いいだろう。今度こそボッコボコにしてやる！」

呼吸が整い、俺達は再び殴り合いを始めた。ケモニアンの身体能力を存分に乗せたドーベンの拳は凄まじい威力で、かすっただけでも結構な衝撃がくる。まともに食らえば、おそらく一撃で地べたに這いずることになるだろう。

逆に俺の拳は、硬く引き締まったドーベンの体にはあまり通じない。というか、ぶっちゃけ殴った俺の手の方がダメージが大きい気さえするが……

「だから何だってんだ！　さっさと沈め犬野郎！」

「上等だ！　テメェこそ毛無しの挽肉になりやがれ！」

俺はドーベンの拳を悉くかわし、その全身に何十発と拳をお見舞いしていく。一〇〇年鍛えた剣士の見切りと、血反吐を吐いても戦い続ける雑傭兵の根性舐めんな！

「くそっ、何で当たらねぇ⁉　それに……ぐっ⁉」

「そこだっ！」

蓄積されたダメージがようやく顕在化したのか、ドーベンの足が一瞬ふらつく。それを見逃さず俺が渾身の拳を振るうと――

「ああ、ここだ！」

口元でギラリと牙を輝かせたドーベンが、カウンターの拳を放ってきた。俺の攻撃は見事に命中し、されどドーベンの一撃も遂にもらってしまい……

「…………………はっ⁉」

「よぉ、目が覚めたか？」

意識が暗闇に落ちた次の瞬間、目覚めた俺の隣には、地面に座り込むドーベンの姿があった。というか、俺自身も地面に直接寝転んでいるらしい。起き上がろうとすると、最後の一撃をもらった脇腹がズキンと痛んだ。

「ぐおっ……」

「無理すんな。多分折れてる。回復薬を使っといたから、平気だとは思うけどな」

「そう、か……ハァ、負けちまったか」

「ああ、俺の勝ちだ。ま、毛無しにしちゃいい線いってたと思うけどな」

ニヤリと笑ったドーベンが、上半身を拭って（ぬぐ）いた布を差し出してくる。俺はそれを受け取り、寝っ転がったまま自分の顔や首元を拭ったが……まあ、うん。そもそもじっとりしてるから、サッパリした感じはほぼない。

「どうせなら乾（かわ）いてるのを貸してくれよ……」

「贅沢（ぜいたく）言うんじゃねー。俺だってまだ動きたくねーんだよ」

「さいですか……」

ドサッという音を立てて、ドーベンが俺の隣で寝転がる。並んで空を見上げれば、青い空は抜けるように高い。

「おい毛無し。テメェ、名前は？」

「……エドだ」

「そうか。俺はドーベンだ」

「ああ、知ってる」

「だろうな。俺は有名人だからな」

「…………………」

「………いいぜ、奢られてやる」

「ん？　何が？」

「だから、飯だよ！　テメェが奢るって言ったんじゃねーか！　奢られてやるから、いい肉を食わせやがれ！」

「ははは……いいぜ、約束だからな。ちなみに、本当に酒は飲めねーのか？」

「んなわけねーだろ。選考会の前だから自粛してんだよ」

「へー。豪快そうな見た目なのに、そういうところ割と細かいんだな」

「常識の問題だ馬鹿。二日酔いで実力が出せませんでしたなんて、笑い話にもなりゃしねえだろうが」

「ははは、そりゃそうだ……なら、行くか」

「おい、もういいのか？」

「まあな。こう見えて気合いがあるんだよ」

体を起こす俺にドーベンが声をかけてきたが、俺はそれに笑って返す。既に勝負は終わったので、封印していた追放スキル〈包帯いらずの無免許医〉を発動させたため、本当にもう治っているのだ。

そう、この喧嘩に、俺は追放スキルを一つも使っていない。男が拳で語り合うのに、余計なイカサマは不要だからな。

「さて、と……誘っといて何だけど、どっかいい店とかあるか？　この町は来たばっかりだから、全然知らねーんだよ」

「そうだな……なら俺の行きつけにするか。ちょいと高いがいい肉が出る。それに……」

「それに？」

「いや、店員の姉ちゃんがな、スゲー好みなんだよ。白い毛がふわっふわの可愛い子でな。ありゃ相当な上玉だぜ」

「ええ……いや俺、人間だし……」

「馬鹿野郎！　いい女に人間もケモニアンもあるか！　あの尻尾を鼻先で揺らされたら、誰だって発情するってもんだ！」

「お、おう。そうか……」

もの凄くいい笑顔を近づけてくるドーベンに、俺の方は曖昧な笑みを浮かべて答える。

殴り合いの直後に猥談で盛り上がるのは実にそれっぽいとは思うんだが、毛並みや尻尾のよさを力説されても、俺にはどうしてもピンとこない。

「んじゃ決まりだな。ほれ、立て」

「お、サンキュー」

先に立ち上がったドーベンに手を差し出され、俺はそれを掴んで立ち上がる。その後は周囲から奇異の視線を集めつつ、俺達は真っ昼間から歓楽街へと姿を消していき……明けて翌日。

「おーい、ドーベン！」

「おう、来たかエド！」

広場で見つけたドーベンに声をかけると、ドーベンの方も笑みを浮かべて手を振ってくれる。昨日通りで声をかけたときとは正反対の態度こそ、俺がドーベンと打ち解けるために頑張った作戦の成果だ。

なお、歓楽街から戻った俺をジト目のティアが出迎えたのは、必要な……そして些細な代償である。別にやましいことはしてないんだが……ぬぅ、解せぬ。

「悪い、待たせたか？」

「いや、俺もさっき来たところだ。そっちの毛無し……じゃない、人間はエドの知り合いか？」

そして今日のこれは、実のところ待ち合わせである。ドーベンに水を向けられ、ティアが元気よくそれに答える。

「初めまして……は違うのかしら？　でもすれ違っただけだし、お話しするのは初めてだから、初めましてでいいわよね。私はエ……ドの友達で、ルナリーティアよ。ティアって呼んでね」

　おそらく「エルフ」と言いかけたティアが、いい感じの笑顔で誤魔化す。それにわずかに首を傾げたドーベンだったが、特に突っ込むこともなく、そちらもまた横に並ぶ女の子を紹介してくれた。

「そうか。俺はドーベン。ワッフルと同じ勇者候補だ。で、こっちが……」

「私はこのろくでなしの飲んだくれお兄ちゃんの妹で、ミミルです！　よろしくお願いします、エドさん。ティアさん」

　ぺこりと頭を下げたのは、ドーベンとは似ても似つかない真っ白な猫っぽい少女。俺達の感覚からすると他人にしか思えないが、間違いなくドーベンの実妹である。

「うわ、本当に見た目が随分違うのね……っていうのは失礼なのかしら？」

「いえ、気にしないでください。確かに人間の方からすると不思議なんですよね？　私達からすると、みんな同じような顔で生まれてくる人間の方が不思議なんですけど……」

「なるほど、そういう見方もあるのね」

穿ったミミルの物言いに、ティアがウンウンと感心して頷く。かつて魔王がこの地に降臨した際、細かい部族毎に分かれていた獣人達は、「ケモニアン」という一種族として纏まることでその襲撃を押しのけ、自分達の生存圏を確保した。

その際に一気に混血が進み、また稀にではあるが完全な形に近い先祖返りが起こったりもするため、ケモニアン達からすると「親と姿が違う」というのは大した問題ではない。そもそも貞操観念すら違い、多夫多妻の大家族みたいな暮らし方をしている人達もいるしな。

「おい、ミミル。そんなことより何だよ今の！　誰がろくでなしだって⁉」

「違うの？　選考会の間はお酒は飲まないーって言ってたのに、女の人の毛を一杯くっつけてベロベロに酔っ払って帰ってきたのは、何処の誰だったわけ？」

「うげっ⁉　そ、それは……」

妹にジト目を向けられ、ドーベンが顔を引きつらせる。そう、あんな意識の高いことを言ったのに、昨日のドーベンは普通に酒を飲んでいた。勿論俺は「飲んでもいいのか？」と聞いたんだが――

「た、たまにはいいんだよ！　英気を養っただけだ！　それに俺様くらいになれば、酔っ払ったって余裕で勝ち抜けるしな！」

「ふーん？　ま、いいけど。でも部屋の掃除は自分でしてね？」

「わ、わかってるよ……」

「ははは、流石の勇者候補も、妹には形無しだな？」

しょぼくれた顔をするドーベンの肩を笑って叩くと、しかしドーベンがニヤリと笑い返してくる。

「ヘッ、何言ってやがる。テメェだって似たようなもんだろ？」

「は？　俺の何が――」

「ふーん？　そう。お酒を飲んできたのは知ってたけど、エドってば女の人と楽しく飲んできたのね？」

「ヒエッ⁉」

背後から聞こえた氷のように冷たい声に、俺は思わず背筋を震わせる。恐る恐る振り返ってみれば、そこには翡翠の瞳を半開きにし、いい感じの笑みを浮かべるティアの姿があった。

「いや、違うぜ⁉　そりゃ確かに行ったけど、でもほら、女って言ってもケモニアンの人だし……」

「べっつにー？　エドが何をしても自由だけど、でも『大事な用事だから』って私に留守番させてまでしたことがそれって……どうなの？」

「それはだって……なあ？」

ドーベンと親交を深めるのは、絶対に必要なことだった。が、その後に酒を飲みに行くのが必須だったかと言われれば、そうではないかも知れない。そしてその店が可愛らしいお嬢さんのいる店である必然性はこれっぽっちもない。ないが……あの流れで断ることなど、それこそできるはずもない。

故に俺はティアの肩を掴み、真剣な表情で告げる。

「わかってくれティア。あれは俺にとって必要なことだったんだ」

「エド………ていっ！」

「イテェ⁉」

ティアのチョップが、俺の脳天に炸裂する。何というか、地味に痛い。ちなみに俺の隣では、流れに便乗しようとしたドーベンが同じように妹に蹴られている。

「ぐぉぉ、臑が……っ⁉」

「まったくお兄ちゃんは！　そんなことで誤魔化されるわけないでしょ！」

「フフッ。いいじゃないミミルちゃん。許してあげましょ？　だってきっと、この後二人が美味しいものをご馳走してくれるはずだもの」

「わーい、やった！　なら私、三つ叉屋のマタタビ団子が食べたい！　あれすっごく美味しいんですよ。人気なんで並ばないと買えないんですけど」

「へー、いいじゃない！　なら、二人ともよろしくね」

「くっそ、何で俺が……」

「諦めろドーベン。ではお嬢様方、少々お待ちくださいませ」

「はーい！」

「行ってらっしゃいエド。気をつけてね」

にこやかに手を振る二人に見送られ、俺はドーベンを引き連れて行列のできる店に並ぶ。そうして三〇分ほどかけてご所望の団子とその他何品かを調達して戻ると、ティアとミミルはすっかり仲良くなっていた。

「えっ、ティアさんってエドさんより年上なんですか!?」

「そうよ。二人とも二〇歳だけど、私の方がちょっとだけお姉さんなの。ミミルちゃんは？」

「私は一四歳です。お兄ちゃんとは七歳差ですね」

「なら成人前なのね。その割にはしっかりしてるけど」

「あはは、お兄ちゃんがあんなですから……」

「おーい二人とも！　戻ったぞー！」

「チッ、だれがあんなだ！　ほれ！」

「わーい、ありがとうエド！　うわ、美味しそう！」

「ありがとお兄ちゃん。さ、冷めないうちに食べましょう？」

この辺は飲食店街らしく、こうして買い食いをする人のために路上に簡易的な椅子とテーブルを設置している場所がある。その一つにつくと、俺達は買ってきた食料品を広げ、それを食いながら雑談を交わしていった。

「え、ミミルちゃん、一人で来たの⁉」

「はい。本当はお母さんと一緒に来る予定だったんですけど、急に断れない仕事が入っちゃったみたいで……そんなこと滅多にないんですけど」

「そうなの。でも女の子の一人旅は危なかったんじゃない？」

「いえ、お兄ちゃんが村まで迎えに来てくれたんです。選考会も近いから、無理しないでって言ったんですけど」

「馬鹿言え。どんくさいミミルが一人で旅なんてできるわけねーだろ。それに俺くらい強けりゃ、その程度の時間サボってたって余裕だってんだよ！」

「おいおい、照れるなよドーベン。妹が心配だったたって言えばいいだろ？」

「なっ⁉　テメェ、エド！　そりゃ喧嘩売ってんのか⁉」

「お兄ちゃん！　何でお兄ちゃんはすぐそういう風に言うの⁉」

「いや、だって……」

「それとも、お兄ちゃんは本当に私のこと、何の心配もしてくれなかったの？」

「そ、そんなわけねーだろ……」

「フフッ、二人とも仲がいいのねぇ」

　ばつが悪そうにそっぽを向くドーベンの姿に、ティアが楽しそうに笑う。だがその笑顔に少しだけ陰りがあることを、この場で俺だけがわかっている。

　そうしてしばらく食事と会話を楽しみ、おおよそ二時間ほどしたところで、その場は解散となってドーベンとミミルは連れだって雑踏に消えていった。その後ろ姿を見送ると、そっとティアが俺の手を握ってくる。

「ミミルちゃん、凄くいい子だったわ。ドーベンも、口は悪いけど妹思いの凄く優しい人だった」

「ああ、そうだな」

「なのにこの先……あんなことが起こるのね」

「……ああ、そうだ」

　もうすぐミミルは誘拐され、それをネタにドーベンは敗北を約束させられる。誰がどんな手段でそれを為すのかがわからないため、事前に計画を潰すのは不可能だ。

それに、あまり先手を打ちすぎるのは逆に駄目だ。ミミルをガチガチにガードした結果別の手段をとられてしまうと、「これから起こることを知っている」という俺達の最大の強みが無意味になってしまう。そうなっては変えられる未来も変えられなくなる。

「とりあえず、ティアは今後、俺が指示するまでミミルに近づくのは禁止だ。偶然出会って立ち話くらいならいいけど、あんまり親しくしすぎると、ティアを警戒して手を出してこない可能性があるからな。

ま、安心しろ。仮に攫われたとしても、一周目の経験で実害を加えられることがねーのはわかってるし、今回はちゃんと顔を見たから、これからは〈失せ物狂いの羅針盤〉で居場所を探すこともできる。大丈夫、全部上手くいくさ」

「ええ、そうね………」

俺の励ましに、しかしティアの表情は優れない。頭ではこうするしかないとわかっていても、これから誘拐されるとわかっている子供を放置するしかないのは、優しいティアにはどうしようもなく心苦しいんだろう。

だが、俺達はそれを呑み込んで進まなければならない。最終的に全部を救おうと思うなら、ここで踏み出す方向を変えるわけにはいかないのだから。

「……悪いな、ティア。俺の力とか記憶がこう、もっと臨機応変な感じだったらよかったんだが」

「ううん、エドは悪くないわよ。これはただ、私が割り切れないってだけ。むしろ謝るのは私の方だわ」

「んなことねーさ。ティアがそうして迷ってくれるからこそ、俺は今も『本当にこれでいいのか？　これしかないのか？』って確認し続けることができるんだ。

だから、二人で頑張ろうぜ。で、最後はワッフルもドーベンもミミルも、みんなが笑っていられる未来に辿り着くんだ」

「……そうね。頑張りましょう」

互いを繋ぐ手のひらに、キュッと強く握り合う感触が生まれる。決意も新たに俺達は時を過ごし、勇者選考会も始まって……そして遂に、その時がやってきた。

＊＊＊＊＊

『空より見る』：　試合前の攻防

カツン、カツン……

足の爪が石造りの床を打つ音を響かせながら、ドーベンは控え室から試合場へと続く長い廊下を歩いて行く。整備された硬い石の床ならば素足より靴を履いた方がいいのだが、ドーベンの本能は足の保護より、わずかな感覚の違いを優先した。それを選ぶだけの価値と意味が、これから戦う相手にはあると信じて。

カツン、カツン……

その暗く冷たい通路を一歩踏み出すごとに、ドーベンの胸には様々な思いがよぎる。

ケモニアンの勇者を決める、勇者選考会……これまでの三試合で出会った相手は、いずれも相応の強者ではあった。

だが、足りない。努力を積み重ねてきた相手には失礼極まりないとわかっていても、彼等の強さはドーベンからすると物足りないものでしかなかったのだ。

(あいつらが弱かったわけじゃねぇ。俺が強かっただけだ。んなこたぁわかってる。わかりきってんだ。だがよぉ……)

遊びのような喧嘩はともかく、本気を出した勝負でドーベンは負けたことがない。だからこその勇者候補であり、この結果はむしろ当然。今までならば何も思わなかったはずの事実に違和感を覚えたのは、偏に一人の人間と拳を交えたからだ。

（あいつぁ、強かったなぁ……）

取るに足らない毛無しの男。エドの拳は決して最高に重かったわけでも、最高に速かったわけでもない。だが妙な勝負感のよさと思い切りに、ドーベンは久しく感じたことのない敗北の臭いを感じた。

無論、それでも負けはしなかった。きっちり勝って遊びの延長で敗北を刻むことはなかったが、それでもあの戦いこそが、ここまでの三戦よりも自分の胸を熱く焦がしたのは間違いない事実だ。

（ハッ！　毛無しより根性のねぇ勇者候補なんざ、笑えもしねーぜ。ま、次の相手は違うだろうけどな）

通路の向こうに見える眩しい光。そこに待っている相手のことを思い浮かべ、ドーベンは牙を見せて凶悪に笑う。そこに待つのは間違いなく強者。近くで観戦していただけでもわかる、他の腑抜け共とは格の違う戦士。

（ワッフル、か……あのチビ助があそこまで強ぇとはな）

「ハッハッハ……」

知らず、その口から声が漏れる。全身に力が溢れ、張り詰めた筋肉がミチミチと音を立ているようにすら思える。

「いいぜいいぜ。そうでなくちゃなぁ！　最強の勇者を決めるなら、最強だと思える相手をぶっ倒さなきゃ意味がねぇ！」

弱者を嬲って得られる肩書きなど、何の価値もない。強者を破って勝ち取るからこそ、勇者の二文字は真に輝く。

体調は万全。調子がよすぎて逆に不安になりそうなくらいに最高。

闘志は全開。こんなに体が疼くのは、子供の頃に初めて狩りに出かける前の晩以来だ。

そんな全てが完璧に整った状況で……しかしドーベンは足を止め、余人がいるはずのない場所に立つ相手に声をかけた。

「で？　お前は誰だ？　俺に何か用か？」

「お初にお目にかかります、ドーベン様。ご高名はかねがね伺っておりましたが……いやはや、聞くと見るでは大違いですな。先の三戦、凄まじいものでした」

ギロリと睨むドーベンに、外套を目深に被った男が顔を上げて言う。その顔には深い皺が刻まれていたが、それは老人だからではなく、そういう種のケモニアンだからだ。

「ハッ！　あんな雑魚共相手に暴れた試合なんざ、俺にとっちゃどうでもいいことだ。そんなつまんねーことを言うために俺様の足を止めさせたのか？」

「ははは、まさかまさか。私如きではドーベン様を足止めすることなどできないでしょう」

「なら黙って消えろ。さっきまでは最高に機嫌がよかったから、見逃してやる。だが今の俺は最高に機嫌が悪い。これ以上ぐだぐだ言うなら――っ⁉」

手を開き爪を出して威嚇するドーベンが、瞬間、動きを止める。男が懐から取りだしたものに、どうしようもなく強い見覚えがあったからだ。

「……テメエ、それを何処で手に入れた？」

男が持っていたのは、安物の赤い花飾りだ。五歳の誕生日に贈ったものだけに随分とくたびれているし、流石にもう似合わないからか身に着けているところを見なくなったが、それでも妹が大事にしてくれているそれを、見間違えるはずがない。

「おっと、そんな怖い顔をなさらないでください。道すがら拾っただけですよ。ええ、きっと落とし主はこれを捜していることでしょう。今日が決勝だから、これを身に着けて応援するんだと大層張り切っておられたようですから」

「っ⁉」

反射的に腕を振り上げたドーベンは、しかし男を殴る寸前でその手を止めた。男が花飾りを握ったまま、そっと前に突き出してきたからだ。

「賢明なご判断です。もしこれを握りつぶしていたら、きっと悲しい再会を果たすことになっていたでしょうからね」

「……チッ、何が望みだ？」

「なに、ごく些細な、とても簡単なお願いです。次の試合、ドーベン様には負けていただきたい」

「っ！」

「ひっ⁉」

感情の赴くまま、ドーベンは男の顔のすぐ横の壁を、思い切り殴りつけた。頑丈な石壁にわずかな亀裂が走り、さしもの男も悲鳴を上げて表情を引きつらせる。

「俺に、負けろだと……？　この勝負を、ワッフルと俺との対決を汚すつもりか⁉」

「そ、そうです。私には戦士の矜持などどうでもいい。そんなものより大きなもののために、どんな手段も厭わないだけです」

「そんな……ものだと…………っ」

湧き上がる怒りは爆発寸前だが、ドーベンはその全てを握り拳の中に封じ込める。ただ赤い花飾りだけが激情を押しとどめ……やがて大きく息を吐いたドーベンは、死んだ魚のように濁った目で男を見つめた。

「わかった。なら俺はただ負けりゃいいのか？」

「ご理解いただけたようで何よりです。いえ、あまりにわかりやすい負け方をしていただいても困ります。それなりに拮抗(きっこう)した勝負を演じた後……そうですね、できればギリギリの戦いの果てに負けるとかがいいでしょうか？　ワッフル様は我々の想像を超(こ)えてお強くなっておりましたので、少し隙(すき)を作れば自然に負けられるのでは？」

「そう、だな………ってことは、あのチビはこの話を知らねーのか？」

「勿論(もちろん)です。そういう駆(か)け引きをご理解いただけない方だからこそ、我々が裏で動いているのですよ」

「………そうか」

それはドーベンにとって、ほんの僅(わず)かな救いであった。血の沸(わ)く激闘(げきとう)も勇者の称号(しょうごう)も、妹の命と比べるならば石ころよりも価値のないものだ。が、自分の焦がれた存在がどうしようもなくくだらないモノに成り果てるのは、あまりにも悲しすぎる。

(だがまあ、そうか。あいつが何も知らねーって言うなら……)

茶番の果てに生まれる勇者が、真に真白(ましろ)き強者であるなら、幾分(いくぶん)かの慰(なぐさ)めにはなるだろう。そう思いを呑み込んで、ドーベンが返事を口にしようとしたその時。

「おっと悪いな。内緒話(ないしょばなし)はそこまでだ」

「なっ⁉」

突如聞こえた声にドーベンが振り返ると、そこには最近できたばかりの友人が、ニヤリと笑みを浮かべて立っていた。

＊＊＊＊＊

「お前は、エド⁉　馬鹿な、何処から現れた⁉」

「何処からって、最初からさ。俺はずっとここにいて、話を聞かせてもらってたぜ？」

「んなわけあるか！　今の俺がこんなでかい気配を見逃すなんて……いや、それ以前にこんな狭い通路に人が立ってて気づかねーわけが……」

「はいはいはい、今はそれ、どうでもいいだろ？」

口から泡を吹く勢いで詰め寄ってくるドーベンを、俺は軽い感じで宥めていく。本当に〈不可知の鏡面〉で消えた状態で立っていただけなのだが、今それを説明する必要性はこれっぽっちもない。

「ということで我が友ドーベン君に、素敵な情報を持ってきたぜ？　いい話といい話、どっちから聞きたい？」

「何だそりゃ？　どっちも同じじゃねーか……いいから聞かせろ」

苛立ちが抜けきらないドーベンが、やや荒い声で言う。ならばこそ俺はドーベンの肩に手を置き、何てことのないようにとびきりの情報を伝えてやる。

「じゃ、最初のいい話だ。ミミルちゃんはティアが保護した。お前達の試合が終わってその腕に抱きしめるまで、かすり傷一つ負うことはない」

「なっ⁉」

「ば、馬鹿な！　そんなことあるはずがない！」

さっきと同じ間抜けな驚き顔を晒すドーベンとは裏腹に、今度はしわくちゃの男が声を荒らげて抗議してくる。だが俺は余裕の態度を崩すことなく、そんな男に笑ってやる。

「あるはずない？　何でそう思うんだ？」

「そ、それは…………」

飄々と問う俺に、男はしわくちゃの顔を更に皺だらけにしながら口ごもる。いきなり現れた俺がどんな備えをしてるかわからない以上、まさか「自分達が攫ったからだ」なんて口にできるはずもない。

「ま、信じるかどうかはお前達次第さ。どうするドーベン？」

「あり得ない！　惑わされてはいけません、ドーベン様！　そのような戯言を信じて行動しては、一生後悔することになりますよ⁉」

「そうだな……なら、俺は信じることにするぜ」

「なあっ⁉」

ドーベンの顔が楽しげに歪む。そこにはさっきまで溢れかえっていた怒りや苛立ちが綺麗さっぱりなくなっており、今度はしわくちゃ男の方が焦り始める。

「駄目だ、駄目だ！　こんな訳の分からない毛無しの言葉を、どうして真に受ける⁉　ドーベン、貴様そこまで愚かだったのか⁉」

「おいおい、本性が出てるぜ？　ま、いいさ。確かに俺は大して頭なんてよくねーよ。ミミルにもしょっちゅう馬鹿って言われてるしな。

でもよぉ、馬鹿は馬鹿なりに決めてることがあるんだよ」

「何を――」

「友達の言葉は、疑わねぇ」

牙を剥きだし顔を近づけ、ドーベンがしわくちゃ男に断言する。しかしその言動に、しわくちゃ男の混乱が極まる。

「おかしい！　何故だ⁉　貴様とその毛無しは、まだ知り合ったばかりのはずだ！　なのにどうして……そもそも何故毛無しのことをそこまで信じられる⁉」

「お前にゃ一生わかんねぇよ……そうだエド、もう一つのいい話ってのは何だ？」

「ああ、それか。あと一〇分もありゃ、ティアがミミルちゃんを会場まで連れてくる。便所にでも籠もって時間稼ぎすりゃ、お前の雄姿を見せられるぜ？」

ドーベンがなかなか出てこないことに、通路の向こうからは今の段階でも結構なざわめきが聞こえてくる。が、理由を告げればその程度の時間はどうにでもなる。対戦者であるワッフルが文句を言えば別だが、あいつがそんなこと言うわけねーしな。

と、そこで俺の言葉を聞いたドーベンが、腹を抱えて大声で笑った。

「クッ、ハッハッハ！　そうかそうか。いや、それには及ばねーよ。ミミルが来た時に見るのは俺達の試合じゃねぇ。俺が勇者になって、舞台の上で勝ち名乗りをあげてるとこさ！」

そう言って拳を振り上げると、ドーベンは振り返ることなく通路を進んでいく。その大きな背が光の向こうに消えると、魂を震わせるような大歓声がここまで響き渡ってきた。

「おうおう、格好いいねぇ。で、あんたはこれからどうするんだ？　ブルート大臣？」

俺に名を呼ばれ、放心していたしわくちゃ男……ブルートがピクリと体を震わせる。一瞬だけ睨み付けられたが、すぐにその顔が諦念に沈んだ。

「どうもしないさ。こうなってしまっては、もう打つ手もない……というか、むしろ聞きたいのは私の方だ。何故君はこんなことをした？　ドーベンを推す陣営か、それともひょっとして、毛無しの国からの間者か？」

「どっちでもねーよ。俺はただ、ワッフルとドーベンに遺恨無く試合をして欲しかったたって、それだけさ」

「それだけ……？　たったそれだけのために、我らの計画を潰したと？」

「そうとも。あんた達が『たったそれだけ』と切って捨てたことこそ、俺の友達二人には何より大事なものだったんだ」

ワッフルの強さをきちんと認めてくれている今のドーベンなら、あるいは八百長で負けたとしてもそこまでワッフルを恨まないのかも知れない。だが勝った方のワッフルは、きっと一生その不名誉を背負っていくことになるだろう。

それじゃ駄目だ。そんなのは俺の欲しい未来じゃない。あの二人が気持ちよく戦い、正々堂々勝敗を決する……そのためならどっかのお偉いさんの意向程度なんて、考慮するに値しなかっただけのこと。

「とはいえ、別にあんた達の考えだって否定はしねーけどな。確かにドーベンはお偉方に言われたからって大人しく命令には従わねーだろうし、扱いやすいワッフルを勇者にしたいって気持ちはわかるけど」

それは俺達がこの数日で調べた情報。魔法の使えないケモニアンはティアの使う風の精霊魔法で内緒話を聴き放題だったし、何なら俺も〈不可知の鏡面〉でこっそり忍び込んで、関係者の顔も名前も昨日の夜には割り出せていた。

思ったよりも真っ当というか、変な利権とかじゃなく国の行く末を考えたうえでの活動らしいというのはやや予想外だったが、それでも俺達のすることは変わらない。

「なら、何故邪魔をした⁉　個人の感情など、国家の……我らケモニアンの繁栄のためには取るに足らないことだろう！　これでドーベンが勇者になってしまったら……」

「おい、それは流石に馬鹿にし過ぎだろ」

落ち込むブルートに、俺は肩を掴んで無理矢理顔を上げさせる。

「そりゃドーベンは強いさ。でもワッフルだって十分以上に強いぜ？　あんた、昨日までのワッフルの試合見てねーのか？　てか、そもそもワッフルを勇者候補に推したのは、あんたなんだろ？」

ワッフルに勇者選考会への参加を認めたのは、他ならぬブルート大臣だ。だが俺の指摘にブルートは力無く首を横に振る。

「……人選は派閥の者の意見を聞いただけだ。それなりに強いということは聞いていたが、実際には見ていない。そもそも私が直接ここに来る予定すら、本来はなかったのだ」

「なら何で来たんだ？　伝言役なんて下っ端で十分だっただろ？」

「私なりの覚悟の表れだ。泥にまみれた手で勇者を決めるというのなら、私自身がその泥を被らなくてどうする？」

「へぇ？　口だけのお偉いさんじゃないってことか……なら今からでも遅くねーから、しっかりワッフルの試合を見ろよ。あいつは強いぜ？　あんたが余計なことをしなくたって、あいつは勝って勇者になる！　何せ俺が見込んだ男だからな！」

「…………君は一体何なんだ？」

訳の分からないものを見る目で、ブルートが俺に問いかける。それに対する答えは、一つしか持ち合わせていない。

「決まってんだろ？　ドーベンの友達で、ワッフルの仲間で……みんなで笑って酒を飲める未来を目指してるだけの、ただの人間さ」

そう言って、俺は通路を試合会場とは反対方向に歩いていく。当たり前だがここは出場選手用の通路なので、俺がいるのは非常にマズい。

よし、これでここでの仕事は終わった。あとはこっそり一般通路まで戻って、それからティアと合流してミミルの安全を確認してから、念のため会場の外をうろついてる奴らを適当に気絶させていって……くっそ、やること多いな!?

徐々に遠ざかっているというのに、試合会場の方から聞こえる歓声が小さくならない。

つまりそれだけ盛り上がっているということで、ワッフル達の試合を見届けられねーのは非常に残念だが……

「頑張れよ」

どちらにでもなく、友と仲間に。俺は小さくそう呟いてから、足早に通路を歩き去って行った。

「それじゃ、ワッフルの勇者就任を祝って、カンパーイ！」

「「「乾杯!!!」」」

試合終了から三日後。大仰な式典やら何やらがどうにか一段落ついたということで、俺達はプーニルの町で一番大きな酒場の一室を借り切り、上等な酒がなみなみと注がれた……一人だけは果実水だが……木製のジョッキをガツンと打ち付け合った。

「プハーッ、美味ぇ！　ってことでエド、またアレ見せろよ？」

「ワレも！　ワレもまた見たいのだ！」

「またか？　いや別にいいけどよ……」

乾杯の余韻も覚めやらぬ内にねだられて、俺は不思議な金属でできた四角い魔導具をテーブルの上に置く。するとその上面に付いたレンズから光が走り、まるで窓から覗いているかのようにワッフル達の試合の情景が映し出された。

「おぅ、ここだよ。この一撃を横にずらしてかわしたせいで、その後の踏み込みに対応できなかったんだ」

「そうなのだ。もし後ろに下がられていたら、ワレの拳が届かなくなって攻めきれないところだったのだ」

「だよなぁ！　チッ、こうして端から見りゃすぐわかるんだが……」

　それを見るなり、ワッフル達が互いの動きのあれこれを話し合い始める。こいつはアレクシス達との二周目の旅の途中、一周目では寄らなかった遺跡で見つけた魔導具だ。目の前の光景を記録しておいて、後ほど幻影として再現できるというスゲー便利な代物なんだが……壊れているのか仕様なのか、幻影を保存できるのはおおよそ一週間程度までだったため、特に使い道がなく今まで〈彷徨い人の宝物庫〉に死蔵されていた。

　それを思い出した俺は、自分が見られないであろう試合をティアに撮影してもらい、せっかくだからとみんなで見ようということになったら、ワッフルとドーベンが「自分の戦っている姿を第三者視点で見られる」という本来あり得ない事態に猛烈に食いつき、ことある毎に見せてくれとせがむようになったのがこれだ。

まあ、特に使い減りするものでもないし、俺は構わないんだが……

「むー、つまんない……」

「あはは……ミミルちゃんは飽きちゃった？」

いつもは重いくらいに妹思いなドーベンも、自分がはしゃいでいる時は気が回らないらしい。むすっとした顔で果実水を飲むミミルに、ティアが苦笑しながら声をかける。

「最初は面白かったし凄いって思いましたけど、流石にもう五回目ですから……それにお兄ちゃん達が何言ってるのかよくわからないですし」

「確かに専門的な話をされると、わからないわよねぇ」

ティアが呆れた目を向ける先では、ワッフルとドーベンが「ここで右足を――」とか「いや、むしろ半歩下がって――」などと、技術的な話を白熱させている。確かにこれは自分もそれなりに戦えないと意味すら理解できないだろうな。

「ま、でもいいです。今回はお兄ちゃんが負けちゃったのを慰める会ですから」

「おい待てミミル、何だそりゃ!?　これはワッフルの祝勝会だろ!?」

「つまり、お兄ちゃんの初めての敗北ってことでしょ？　平気よ、もし泣いちゃっても私がちゃーんと慰めてあげるから」

「あのなぁ……」

妹の言葉だけは聞き逃さずに反応するドーベンだったが、ミミルの物言いに流石に苦笑を浮かべる。実際ドーベンは敗北後も一貫してサッパリした態度を見せており、無理をして強がってるという感じはない。

「いいかミミル？　確かに負けたのは悔しいが、全力で戦った結果なら、それはそれでいいんだよ。このチビ助は俺より強かった！　それに俺が納得できてりゃ、むしろいつやり返してやろうかと楽しみなくらいだぜ！」

「わっふっふ！　挑戦ならいつでも受けるのだ！」

「お、言ったな？　なら明日とかどうだ？」

「わふっ⁉　い、いいけど、それは流石に早すぎないか？」

「ハァ、ほんっとお兄ちゃんは……ごめんなさいワッフルさん。あ、勇者様って言った方がいいのかな？」

「別にいいのだ。ワレは勇者にはなりたかったけど、別に勇者と呼ばれたかったわけじゃないのだ！」

「えっと、それは違うものなんですか？」

「カーッ！　その違いがわからねぇとは、これだから女子供は……」

「……そういうことを言うから、お兄ちゃんはモテないのよ？」

「なっ⁉　そ、それとこれとは違うだろ⁉」

「違わないわよ！　大体お兄ちゃんは――」

話題の主軸が格闘談義からすり替わったことで、ミミルとドーベン、それにワッフルが楽しげに話をしている。そしてそんな三人を前に、ティアがそっと俺に顔をよせて話しかけてくる。

「三人とも楽しそうね。これもエドのおかげかしら？」

「それを言うならティアも、だろ？　ミミルが平気な顔してるのはティアが助けたからだろうし」

敵の正体がわかっていたとはいえ、ブルート大臣に「ミミルの誘拐に成功した」という情報を伝えてもらうためには、誘拐そのものを事前に防ぐことはできなかった。すぐに助け出したとはいえ、怖い思いをさせてしまったことは事実だ。

それでも気にした風でないのは、ドーベンに迷惑をかけたくないという健気な気丈さもあるんだろうが、やはりずっと寄り添っていたティアの存在が大きいのだと思う。もしこの世界に来たのが俺一人だったなら……きっとこの祝勝会は開かれず、今頃ドーベンは宿でミミルちゃんにつきっきりで慰めていたことだろう。

「あ、そうだ。ちなみにだけど、もし歴史が変わってドーベンが勝ってた場合って、エドはどうしたの？　ワッフルとお別れして、ドーベンと一緒に行ったわけ？」

「いや、その場合は多分、ワッフルをたきつけてドーベンを補佐する形に持っていったかな？　もしくは力不足を感じたワッフルに、もう一度一緒に修行しようって持ちかけるとか」

　そもそも勇者というのは、世界に選ばれた存在だ。人が勇者だと認定したり、あるいはこんな奴勇者じゃないと否定したとしても、それで変わるようなものではない。

　なので、俺達が同行すべきはワッフルであることに代わりはない。魔王を倒すことを目的とするなら話は違うんだろうが、俺がやらなければならないのはあくまでも「勇者パーティに半年以上所属したうえで追放される」ことだからな。

「どっちにしろ、負けて勇者じゃなくなったからお別れ……なんてことをするつもりはなかったさ。それじゃあの大臣に鼻で笑われちまうし、そもそもドーベンにもボコボコに殴られちまうぜ」

「フフッ、確かにそうね。なら後は……」

「ああ、最後の山を越えるだけだ」

　楽しげな三人の姿を見ながら、俺は腹の底から伝わってくる冷たい感覚を抑え込む。ここまでで半分。だが半分だけじゃ不十分。あの光景を繰り返さないためには、全部を完璧に……

「――おい、エド！　聞いてんのか？」

と、そこでドーベンに声をかけられ、我に返る。どうやら思った以上に考え込んでしまっていたらしい。

「悪い、聞いてなかった。何だ？」

「だから、テメェ達はこれからどうするんだよ？　俺は妹を連れて一旦生まれ故郷の村に帰ろうかと思ってんだが、よかったら一緒に来るか？　腕試しがしたいって言うなら、秘密の修行場に連れて行ってやってもいいぜ？」

「っ⁉　い、いやぁ、誘ってくれるのは嬉しいけど、俺達はもうしばらくワッフルと一緒にいようかと思ってんだ。悪いな」

顔が引きつるのを必死に抑え、俺は何とか自然に聞こえるようにそう答える。すまんドーベン。その修行場、俺達がもう使い倒しちゃったから、下手すると何年か使い物にならないかも知れねーんだ……

「わふ？　秘密の修行場とは何なのだ？」

「お、気になるか？　いいぜ、テメェになら教えてやる。実は――」

「わーっ⁉　わ、ワッフル！　そろそろあれだ、お開きにしようぜ！　だってお前、明日から早速勇者活動をするんだろ⁉　なら今日はさっさと休んで、体調を万全に整えるべきじゃねーか？」

「わふーん……？　まあ、確かにそうなのだ。わかったのだ。では今日はこのくらいにしておくのだ」

「そうだそうだ、それがいい！　悪いなドーベン、それにミミルちゃんも。そういうことだから、な？」

「お、おぅ。そうか。ならまあ、引き留めるのも悪いか」

「ごめんねミミルちゃん。そのうち遊びに行くかもだから、その時はよろしくね」

「はい！　その時はお父さんやお母さんとも一緒に大歓迎しますね！」

（あっぶねー、どうにか誤魔化せたか……）

話をうやむやにできたことに、俺は内心で胸を撫で下ろす。修行場を勝手に使ったこと自体は、おそらく謝れば許してくれるだろう。特にドーベンは、そのおかげでワッフルといい勝負が成り立ったのだと知れば、むしろ喜んでくれるかも知れない。

が、俺が何故修行場の場所や使い方を知っていたのかと聞かれると、俺には答える術が無い。俺達が一生この世界で過ごすならそれでもいつかはばれるんだろうが、半年すれば世界から追放されちまうからな。悪いが真相は闇の中ってことにさせてもらいたい。

その後は会計を済ませ、俺達は店の外で解散となった。泊まっている宿が違うワッフルとも一旦別れ……ワッフルが正式に勇者になったのと、そもそも勇者選考会が終わって宿が空いたので……自分の部屋に入ると、程なくしてノックと共にティアが俺の部屋にやってきた。

「来たか」

それは突然の訪問ではなく、予定された来訪。俺が席を勧めると何故かティアはベッドの上に腰掛けてしまったので、部屋に備え付けの一脚しかない椅子には俺が座って話を始める。

「んじゃ、改めて作戦会議だ。つっても現状ではこれから起こることの再確認だな」

「ドーベンの生まれた村を、クロヌリの集団が襲うのよね？」

真剣な表情のティアには、いつもの明るく人懐っこい様子が消えている。かつてあった、そしてまだ起きていない悲劇は、決して温い覚悟で語れるものではないのだ。

「そうだ。ただ残念ながら、正確な日時がわかんねーんだよな。この前みたいに誰かの思惑っていうなら調べようもあるんだが、今回のそれはそういうのじゃねーしな」

もしこれが、勇者選考会でのイカサマの真実を知るドーベンの口封じのために仕込まれたことであれば、調べればボロも出ただろう。が、二周目の今、どれだけ調べても襲撃計画なんてものは存在しなかった。

勿論、これはイカサマが実行されなかったことで未来が変わったという可能性もある。が、だから何も起こらないと高をくくって甘く見るには、襲撃の被害があまりにも大きすぎる。

それと、そもそも俺の知る限りでは、クロヌリを人が操るなんてことは不可能だ。むしろ本当に偶然にクロヌリがドーベンの村を襲撃したと考える方が自然なので、どのみち対策を怠るのはあり得ねーんだが、クロヌリの襲撃予定表なんてものは世界の何処にも公開されていないのだから、ぶっちゃけ手の打ちようがない。

「あらかじめクロヌリを討伐しておくとか、村っていうかドーベンに危機を伝えておくのも駄目なのよね？」

「ああ。クロヌリの発生には不明なところが多いけど、どれだけ倒してもいつの間にか増えてるってのが現状だ。唯一人がある程度以上集まってる場所には湧かねーらしいから町や村が成り立ってるって話だけど、その周辺まで全部湧き潰すって、要は村や町を一回りでかくするようなもんだからな。俺達にはどうやっても無理だ」

そのレベルで人を集めるとなれば、領主ですら難しい。いわんや流れの毛無しである俺にできる道理は存在しない。

「あと、警告も無理……というか、無意味だ。そもそもクロヌリに対する警戒は常にしてるだろうからな。実際に襲ってくる兆候があるわけでもねーのに、昼夜を問わず村の戦士全員で何ヶ月も警戒し続けろってのも、やっぱり無理だ」

「まあ、そうよね」

門番が昼寝するくらい油断してるなら別だが、一匹二匹のクロヌリが村を襲ってくるくらいなら割と日常だ。緩んでいるわけでもない相手に、「確証はないけどもの凄い襲撃がそのうち来るから、それまで不眠不休で警戒し続けろ」は通せない。

「なんでまあ、俺達にできるのはワッフルが勇者として活動する場所をできるだけドーベンの村の近くにしつつ、何かあったら即座に動けるように備えることだけだな」

「襲われるってわかってるのに先手を取って守ることすらできないって……あー、やきもきする！　せめて私かエドが、ドーベンの村に待機できればいいのに……」

「それはそうなんだけどなぁ……」

確かにそれができれば、状況は一変……とまでは言わずとも好転する。が、俺達がこの世界を無事に「追放」されるには、あくまでも勇者パーティとしての行動が必要だ。同じ町の中や、その周囲でちょっとした単独行動を取るくらいなら大丈夫なのは経験からわかっているが、あまりにも遠く離れたり、あるいは俺とティアの片方だけが離れたりした場合にどうなるのかはわかっていない。

単に同行期間がリセットされるだけというのなら、さしたる問題ではないだろう。あるいは条件を満たした状態で離れると、勝手に「追放」されるという可能性もある。今回の場合、半年という期間はまだだが、ワッフルからはそれなりに信頼(しんらい)されていると思うので、場合によっては別れた時点で「追放」が成り立つことだってないとは言い切れない。

が、その場合俺達はドーベンを助けることもできず、そのまま「白い世界」へと送り返されるということになる。危険を冒(おか)してでも踏み出さなければ絶対に助けられないという状況であれば別だが、相応に備えられている現段階で選ぶ選択肢(せんたくし)ではないだろう。

「まあ、今回は前と違って、ドーベンの精神状態が万全だ。いざって時の備えも兼(か)ねてあれも渡してあるから、仮に襲われてもあの時よりは持ちこたえるだろうし、俺やワッフルが駆けつければ共闘(きょうとう)を拒(こば)まれることもない。

前向きになれる条件はできるだけ揃(そろ)えたんだ。後は流れに任せてみるしかねーだろ」

「そうよね。エドがそう言うなら事態はよくなってるんでしょうし、私達はやれるだけやりましょ」

「おう、その意気だ！」

やる気を出して顔の前で拳を握(にぎ)るティアに、俺も大きく頷(うなず)いて応える。ここまで来れば、この世界を去る日もそう遠くない。別れのその日を笑顔で迎えるためにも、俺もまた窓の外を眺めながら気合いを入れ直した。

第三章　約束された襲来

「……来たか!?」

正式にワッフルが勇者と認められ、活動を始めてからおおよそ三ヶ月。遂(つい)にあれの反応が消えたことで、俺はベッドから飛び起きる。

幸いにして、今日は仕事終わりの休養日。しかもまだ早朝なので、ティアは勿論ワッフルも宿の部屋にいるはずだ。身支度(みじたく)を整えることすらせず、俺はまずティアの部屋の扉(とびら)を強引(ごういん)に開けた。

「ティア！」

「ほぇ？　エド？」

「ミミルに渡した結界石が使われた。多分今、村が襲われてる」

「っ!?」

俺の言葉に、寝(ね)ぼけていたティアの目が大きく見開かれる。結界石……それは地面に叩(たた)きつけるなどして割ると、周囲にクロヌリを寄せ付けない簡易結界を張ってくれる魔導具だ。効果はともかく有効範囲（はんい）は精々自分の周囲二メートルほどで、結構な値段がするのに使い捨てということもあり一般にはあまり普及（ふきゅう）していない。

それの存在を、俺はこの三ヶ月ずっと〈失せ物狂いの羅針盤（アカシックコンパス）〉で探知し続けていた。そいつが探知不能……つまり壊れたということは、うっかり壊してしまったのでもなければ、まず間違（まちが）いなくクロヌリの襲撃があったんだろう。

「俺はワッフルに声をかけてくる。ティアは出かける準備をしてくれ」

「わかったわ」

返事より先に身支度を始めたティアの姿を確認（かくにん）すると、俺はそのまま部屋を出て、自分の部屋を通り越した反対側の隣（となり）、ワッフルの部屋の扉を、今度は激しくノックする。

「ワッフル！　ワッフル、起きてくれ！」

「むう、何なのだ？　こんなに朝早く……」

幸いにして、ワッフルはすぐに扉を開けてくれた。いつもモフモフの体毛が寝癖（ねぐせ）でへたっているが、今はそれどころではない。

「聞いてくれワッフル。かなり高い確率で、ドーベンの住んでる村が今現在、クロヌリに襲われてる」

「………どういうことなのだ？」

流石は勇者だけあって、ワッフルもすぐに真剣な目で問い返してくれる。

「結界石って知ってるだろ？　あれをミミルちゃんに持たせてたんだが、それが今使われた。うっかり壊したんじゃない限り、クロヌリの襲撃を受けてる可能性が高い」

「？　何で結界石が使われたってわかるのだ？　それに襲撃って……普通に村の外で襲われたとか、そういうこともあるのではないか？」

「そりゃそうだが……すまん、そうだと思った理由は言えん」

今回俺がしたことは、出会ったばかりの年下の……しかも成人すらしていない女の子に高価な魔導具を渡したうえで、その動向を逐次監視し続けるというものだ。

客観的に見て、もの凄く怪しい。もし俺が俺の知らないところで同じ事をティアにしている奴を見つけたら、問答無用で捕まえて問い詰めるだろう。

だからこそ、今まで詳細は言えなかった。〈失せ物狂いの羅針盤〉の効果だけなら証明することもできたが、それでミミルの持つ結界石の状態を常に監視し続ける理由までは説明できないし、かといって「実は未来からやってきた」なんてところまで話したら、それこそまともな人間として扱われなくなってしまう。

「絶対の確証まではない。確かにうっかり壊したり、あるいはクロヌリに襲われはしても、数匹に絡まれただけで既に解決してるって可能性も否定しない。

でも、それでも嫌な予感がするんだ。どうしても今すぐ、ドーベン達のところに駆けつけたい。だから……勇者ワッフル。間違ってたら責任なんて取りようがねーけど……それでも俺を信じて、ドーベン達を助けに行ってくれないか？」

故に、これは賭け。もしワッフルに頼みを断られたら、あとはもうワッフルを気絶させて無理矢理背負っていくくらいしか手段がない。しかもそれで本当にうっかり割っただけとかだったら、俺とワッフルの関係には決定的に亀裂が入ってしまうことだって十分に考えられる。

だというのに、俺は不思議と落ち着いていた。本来なら二重三重の保険をかけるべき場面なのに、ただ素直に頼むことしか頭に浮かばなかった。

そしてその、一見すれば無謀なほどに分の悪い賭けの結果は、ワッフルが無言で扉を閉めることであっさりと通知された。

俺は扉の前で立ち尽くし……だが落ち込んでなんていない。自分の部屋に戻って今度こそ身支度を整え外に出れば、そこには予想通り、旅装を整えたティアとワッフルの姿があった。

「遅いのだ！　ほら、早く行くのだ！」

「宿の人にはもう話を通してあるから、このまますぐ行けるわよ！」

「おう！」

そうとも、勇者ワッフルが友を見捨てるはずがない。ならばその想いに応えるべく、俺もまたすぐに駆け出す。早朝の通りは人気もまばらで、町の門はまだ開いていなかったが、そこは既に勇者として知れ渡っているワッフルの特権でスムーズに通してもらえた。

「それで、どうするのだ？　道なりに移動するのか？」

「一番効率のいい道を行く。疑問に思うこともあると思うが、それでも俺を信じてついてきてくれ」

「わかったのだ！」

今回もまた、ワッフルはすぐに同意してくれた。短い期間ながらも築き上げてきた信頼の確かさに胸を熱くしつつ、俺は〈旅の足跡〉を起動し、次いで〈失せ物狂いの羅針盤〉も併用。周囲にいるクロヌリの存在を確認しながら、時に森を突っ切り、時に大回りでも街道に出たりしながら、考え得る最速で移動していく。

「エド……私達、間に合うわよね？」

「わからん。だがこれ以上はどうしようもない」

今の俺達の移動速度は、街道を馬車で行くよりもやや速い。俺一人が〈追い風の足〉で駆ければ更に速くはなるだろうが、それができるくらいならそもそも最初からワッフルと別れ、ドーベンの村に滞在しているところだ。

「ただ、前の……じゃない、似たような事件に遭遇した時は、俺の耳に情報が届いたのは、実際の襲撃から半日以上後だったんだ。それを考えりゃ、十分に間に合う……はずだ」

情報伝達速度として、半日というのは驚異的な速さだ。何せ実際に襲撃が来たとして、それを防ぎきれないと判断した誰かが決死の覚悟で伝令に走り、それを近場の狩小屋の職員にでも伝えて、そこから更にワッフルに届くまでの時間だからな。

ちなみに、それだけ迅速に知らせが来たのは、ワッフルが勇者であるということの他に、クロヌリの生態……増える理屈が完全に謎なため、今回のように予兆なしでいきなり大群が現れることがある……の関係上、自分達の防衛を最優先にしないと共倒れになる可能性が高く、通常の援軍は迂闊に派遣できないという事情があったからだが……まあそれはいいとして。

とにかく今回は、そんな「理論上考え得るほぼ最速の伝達」すら遥かに超えて、襲撃が発生してすぐの段階で動き始めている。となれば後はもう信じてひたすら走るしかない。

「なあエド、ドーベンが住んでいる村ということは、当然そこにはドーベンがいるのだな？」

「ああ、いるはずだ」

周囲の索敵（さくてき）に〈失せ物狂いの羅針盤（アカシッククコンパス）〉を使っているので、今すぐドーベンの安否を確認することはできない。が、時間帯を考えれば普通に自分の家で寝ていたりするはずだ。あるいは早朝訓練などで多少離れていることはあるだろうが、襲撃に気づけないほど遠出するとは思えない。

「なら大丈夫なのだ！　ドーベンならワレ等が到着（とうちゃく）するまでくらい、楽勝で村を守り切ってるはずなのだ！」

「そうね。何ならドーベンだけで全部のクロヌリを倒（たお）しちゃってるかも？」

「ははっ、そいつはいいな。なら俺達も出番がなくならないうちに、さっさと到着しなくちゃだぜ！」

急いで、だが焦ることなく、無理なく会話ができる程度の速度を維持（いじ）して俺達は走り続ける。呼吸を乱すほどの速度を出してしまうと、到着してからの戦闘（せんとう）に支障が出てしまうからだ。急ぐだけ急いで役立たずの肉の塊（かたまり）をクロヌリの前に並べるなんて愚（ぐ）は犯せない。

そうして俺達は走って走って……遂に木々の向こう側に、蠢（うごめ）くクロヌリの大群を見つけることができた。

「見つけたのだ！」

「凄い数……どうするのエド？」

「んなもん、決まってんだろ！」

「正面から押し通るのだ！」

問うティアに答えるより早く、俺とワッフルはクロヌリの大群へと突っ込んでいく。あの日ティア達を征かせるために魔王軍の足止めをした時と比べれば、こんなもの取るに足らない雑魚の群れだ。

「オラオラオラオラ！　道空けろ雑魚共がぁ！」

あえて腰の剣は抜かず、追放スキル〈半人前の贋作師〉で作った鋼の剣を振り回す。これなら剣の消耗を気にする必要がないので、大群相手でも斬り放題だ。通りすがる全てのクロヌリを斬り伏せながら、俺はまっすぐに進んでいく。

「食らうのだ！　衝撃肉球拳！」

そんな俺の隣では、ワッフルが激しく振動させた肉球をクロヌリに叩き込んでいく。すると以前ははじけ飛んでいたクロヌリの体が、一瞬にして霧のようになって霧散してしまった。世間的にも勇者として認められたワッフルの実力は更なる磨きがかかっており、今となっては並のクロヌリではその力に耐えることすら許されないのだ。

「私だって負けてないわよ！　風を重ねて伝えるは緑をそびえる半月の塔、鈍の光を集めて回すは四種八節精霊の声！　回って廻って吹き飛ばせ！　ルナリーティアの名の下に、顕現せよ『ストームブリンガー』！」

　突っ込む俺達とは対照的に、その場に立って詠唱を続けていたであろうティアの声が、俺の背後から聞こえてくる。途端に渦巻く風の音が耳に届き、俺は剣を振るう手を止めて体勢を整える。

「宿せ、銀霊の剣！　二人とも、よけて！」

　その警告に合わせて、俺は溜めていた足を踏みきって大きく横に跳んだ。するとさっきまで俺が立っていた場所に横向きの竜巻が出現し、前方一直線を凄まじい威力で貫いていく。

「うっわ、スゲー威力だな」

「フフーン！　でしょ？　私だって――」

「でも、エルフ的に森の木をなぎ倒しまくって攻撃するのは、いいのか？」

「っ!?　し、仕方ないじゃない！　これは……あれよ！　戦闘におけるやむを得ない被害ってやつなのよ！」

「そんなのどうでもいいのだ！　今のうちに突っ切るのだ！」

「おう！　ほら、行くぞティア！」

「あっ⁉　もーっ、エドの馬鹿！」

頬を膨らませるティアを背に、俺達は空いた空間を一気に駆け抜ける。村の防備が万全だと確信できるならむしろ外側から潰していった方が効率がいいんだが、とにかく今は救援が最優先だ。

「つーか、本当に多いな⁉　どんだけいるんだよ⁉」

「どうする？　もう一回精霊魔法を使う？」

「いや、あんまり村に近い位置であれ使ったら駄目だろ」

「加減くらいできるわよ！　でも弱いのを何発も打つのは却って疲れるから、この後のことも考えると確かに乱発はできないわね」

「エド！　ティア！　村の柵が見えてきたのだ！」

俺が最後尾でクロヌリの追撃を止めているため、先頭で戦っていたワッフルがそう声をあげる。すると確かに前方に、太い木をガッチリと縄で組み合わせた頑丈そうな柵が見えてきた。一周目の俺の記憶よりもガッチリした作りになっている気がするが……

「チッ、破られてる！」

「ワレがここで敵を食い止めるのだ！　エド達は中に入ったクロヌリを頼むのだ！」

「わかった！　ティア！」

「ええ！　解放、『エアプレッシャー』！」

俺の呼びかけに応え、ティアが置き土産（みやげ）とばかりに銀霊の剣から精霊魔法（せいれいまほう）を放つ。すると穴の周囲にいたクロヌリが残らず柵から離れるように押し出され、その隙（すき）にワッフルが破られた部分の前に立ちはだかった。

「ここは一匹も通さないのだ！」

何とも頼もしい声を背に、俺とティアはそのまま村の中を駆けていく。途中の建物に残された破壊痕（はかいあと）を頼（たよ）りに進めば、その先には五匹ほどのクロヌリに囲まれ、薄（うす）い光の膜（まく）のなかで蹲（うずくま）っている少女の姿が――っ!?

「キャーッ!?」

絹を裂（さ）くような悲鳴と共に、光の膜がパリンと割れる。己（おのれ）の暴力を阻（はば）むものが喪失（そうしつ）したことで、カマキリっぽいクロヌリがその大鎌（おおがま）を少女……ミミルの頭に振り下ろそうとした、まさにその時。

「させるかよっ！」

追放スキル〈追い風の足（ヘルメスダッシュ）〉を発動させ、瞬（まばた）きの間に間合いを詰めた俺の剣が、カマキリ野郎（やろう）の腕（うで）を斬り飛ばす。その勢いのままに追加で二匹、アリっぽいのとムカデっぽいクロヌリの鼻っ柱を斬りつけてやると、遅（おく）れてきたティアの魔法（まほう）が空を飛んでいたハチっぽいのとトンボっぽいクロヌリの翅を斬り裂き、地面に落とした。

クロヌリは痛みを感じないらしいが、だからこそ痛みからの反応ができない。負傷したという事実に思考が追いつくより早くとどめを刺してやると、五匹全部が動かなくなったのを確認してから、俺はようやく一息ついて背後を振り返った。

「ふぅ……何とか間に合ったぜ」

「え、エドさん⁉　それにティアさんも⁉　どうしてここに⁉」

「そいつは……あれだ。たまたま近くで活動してて、スゲー数のクロヌリがいるのを見つけてな。で、助けに来たんだ」

驚くミミルに、俺は適当に誤魔化しておく。ワッフルにすら言えないのに、まさか本人に「君にあげた結界石の動向をずっと見てたんだ」とか告白したら、割と本気で気持ち悪がられるだろうからなぁ。あとドーベンにぶん殴られると思う。

「ま、そんなことはどうでもいいだろ。それより……無事でよかった」

「……あ、そうだ。私…………っ」

俺達に出会った驚きで一瞬だけ消えていた恐怖が蘇ってきたんだろう。顔色を悪くしたミミルがガクガク震えてその場にへたり込んでしまった。するとそれを見たティアもまた腰を屈め、ミミルの頭をそっと自分の胸に抱き寄せる。

「怖かったわね。もう大丈夫よ」

「わた、私……結界石、高いのに使っちゃって……でも、もう死んじゃうって……」

「はは、ミミルが助かったんなら安いもんだ。むしろ石ころ程度を温存されて怪我でもされちゃ、ドーベンの奴に怒られちまうぜ」

「お兄ちゃん……そうだ、お兄ちゃん！　エドさん、お兄ちゃんが！」

「ドーベンがどうした？」

「一人で飛び出しちゃって……自分が囮になってクロヌリの大群を引きつければ、残った人達だけでも何とか村を守れるだろうって……」

「チッ、そこは変わんねーのか！　わかった、なら俺はそっちに行く。ティアはミミルと一緒に、村の中を調べてみてくれ。他にも入り込んでるクロヌリがいるかも知れねーしな」

「了解。気をつけてね」

「エドさん！」

　立ち去ろうとする俺の背を、不意にミミルが呼び止めてきた。足を止めて振り返ると、そこにはこぼれそうな涙を必死に堪えて俺を見るミミルの姿がある。

「あの、こんなこと、エドさんに頼んじゃいけないってわかってるんですけど……」

　今は一秒を争う事態。だがだからこそ、俺はミミルの側まで行って、その頭を軽く撫でる。

「任せろ。ドーベンの奴は必ず無事に連れ帰ってやる。まあ、俺が助けに行くまでもなく、ドーベンならクロヌリなんて余裕で蹴散らしてるだろうけどな。そうだろ？」

「エドさん………はいっ！」

憂いは晴れずとも涙を消して笑うミミルに笑顔を返すと、俺は今度こそ村の外に向かって走り出した。今来た道ではなく一番大きな道をまっすぐに進めば、今度は正規の村の出入り口へと辿り着く。

「うおっ、ここもスゲーな……加勢する！」

「助かる！　って、誰だ⁉　毛無し⁉」

流石に正面だけあって、そこでは二人のケモニアンの男が戦っていた。呼びかけながら飛び出した俺に二人とも驚きを露わにし、クロヌリを押しのけながらも俺に声をかけてくる。

「何で毛無しが村から出てくる！　お前は何者だ⁉」

「俺は勇者ワッフルの連れで、ドーベンの友達だ！　村を囲う柵の一部が破れてたぞ！」

「何だと⁉　中の人達は大丈夫なのか⁉」

「わからん！　とりあえず目についたクロヌリは倒した！　ワッフルが破られた柵の前で

クロヌリを止めてるし、村の中にも仲間を一人残してるから、破られたのがあの場所だけなら大丈夫だとは思うが……」

「くそっ、気になるが助けに行く余裕がない……っ！」

「使え！」

俺は腰の鞄に手を突っ込み、回復薬を取り出して投げ渡す。それと同時にケモニアン達の前に躍り出て、手傷を負っていたクロヌリ達を一気に殲滅していった。

「す、すげぇ……毛無しのくせに、何て強さだ！」

「助かった！　これでまだ戦える！」

「礼はいい！　俺はドーベンを迎えに行くから、もう少し粘れるか？　囮になって飛び出したって聞いたんだが」

「ああ、怪我が治ればまだまだいける！　村の中には一匹も入らせん！」

「ドーベンさんなら、そこをまっすぐ走って行ったのを見た！　頼んだぞ、毛無し！」

「おう！　すぐに連れてきてやるよ！　さあ、道を開けやがれ！」

背後から声援を受け、俺は再び進み始める。一人だと流石に進行速度は落ちるかと思ったが、少し進むとすぐにクロヌリの密度が減っていった。

もっとも、それは襲撃が終わりに近づいたってわけじゃない。ただ目指す先に、敵の密度を変えるほどの数を屠っている凄腕がいるってことだ。

「ドーベン！」

「エド⁉」

姿は見えなかったが、俺は大声で呼びかけた。すると木々の合間を埋め尽くすクロヌリの向こうから、聞き覚えのある声が返ってくる。ならばとやや強引に突っ込むと、そこには体中から血を流したドーベンの姿があった。

「テメエ、何でこんなところにいやがる⁉」

「ハッ！　友達のピンチに駆けつけるのに、理由なんてもんが必要なのか⁉」

「いや、いらねぇな！」

笑う俺に、ドーベンもまた凶悪な笑みを浮かべる。全身から立ち上る闘気はあの日殴り合った時よりずっと強くなっており、ギラギラと輝く目には諦めなど微塵も浮かんでいない。

「おいドーベン、使っとけ」

「何だ、回復薬か？　いらねーよ、かすり傷だぜ？」

「へぇ？　ならお前、血だらけの体でミミルちゃんに抱きつくつもりか？『うわ、お兄ちゃん汚い！』とか言われるぞ？」

「…………一応、もらっといてやる」

俺のものまねに、ドーベンが渋々回復薬を受け取ってバシャバシャと体にかけていく。強がりとかではなく本当に大した傷ではなかったようだが、それでも失血はジワジワ体力を奪っていくのだから、治しておいた方がいいに決まっている。

「で、エド。このクロヌリ共の群れは何だ？　俺のところに来たってことは、村は無事なんだな？」

「何って聞かれても、そんなのは俺にもわからん。で、村は無事だ。柵の一部が破られてたが、そこはワッフルが守ってる。ああ、それと村の中にはティアもいる。帰ったらミミルちゃんに『何でお兄ちゃんは危ないことばっかりするの！』って怒られる準備をしとけよ？」

「ハッハッハ……そいつは怖えな！」

口を閉じたドーベンが、俺と背中合わせになる。互いの顔は見えなくなったが、だからこそ見えるものもある。熱い背中から伝わってくる寒々しいほどの殺気は、憂いがなくなったからこそのドーベンの全力だ。

「ウォォォォォォォン!!!」

辺り一帯に響き渡る、ドーベンの遠吠え。ビリビリと震える大気を切り裂くようにドーベンが動き出し、周囲を囲んでいたクロヌリ達が吹き飛ばされていくのがわかる。

　ならば俺だってボーッと突っ立ってる場合じゃない。腰に佩(は)いていた本物の剣を抜き、ジリジリと近寄ってくるクロヌリに切っ先を向ける。

「どうした？　友達(ダチ)の気合いにビビっちまったのか？　来ないなら……こっちから行くぜ！」

　一瞬だけ〈追い風の足(ヘルメスダッシュ)〉を起動し、体勢を低くしてクロヌリの懐(ふところ)に踏(ふ)み込む。勢いのままに剣を振り抜き、とりあえず目の前の一匹を上下に斬り分けてやると、すぐに左右から他のクロヌリが攻撃してきた。が……

「おっと、今何かしたのか？」

　全身に〈不落の城壁(インビンシブル)〉を纏(まと)う俺に、クロヌリ如(ごと)きの攻撃が通じるはずもない。ガキガキと音を立てて突き立てられる爪(つめ)やら鎌やらを素手(すで)で掴(つか)むと、そのまま右手の剣で関節から斬り落とす。ならばと蟻(あり)と蜘蛛(くも)の中間みたいなクロヌリが糸を吹き付けてきたが、それは俺を捕(と)らえることなく、体の表面を滑(すべ)り落ちてしまった。

「悪いな、そっちも効かねーんだよ」

　平行展開した〈吸魔の帳(マギアブソーブ)〉は糸に込められた魔力(まりょく)を無効化し、その粘着力(ねんちゃくりょく)を失わせていた。仮に通常の粘着力があっても〈不落の城壁(インビンシブル)〉を抜けるわけじゃねーし、完全に拘束(こうそく)されたとしても〈不可知の鏡面（ミラージュシフト）〉を使えば抜け出せる……つまり、何をどうやろうとクロヌリ共に勝ち目なんてこれっぽっちもないのだ。

「ってことで、次は……いや、これからずっとこっちの番だ！」

薄く笑みを浮かべながら、俺は新たな敵に向かっていった。自重（じちょう）をやめた俺が、この程度の敵に手番を渡すはずもない。背後から聞こえる咆哮（ほうこう）に合わせて、踊（おど）るようにクロヌリ達（たち）を斬り伏せていく。

「どうした雑魚共！　俺様はまだまだ元気だぜぇ！　ウォォォン！」

「これは俺の分！　こいつも俺の分！　おまけにこれも……俺の分だ！」

斬って斬って、たまに殴ったり蹴（け）っ飛ばしたりして、こっちに向かって飛んでくるクロヌリをかわして……

「おいドーベン、危ねーだろ⁉」

「そのくらいテメェでよけやがれ！　そっちこそこっちに手負いを回すんじゃねぇよ！　瀕死（ひんし）のクロヌリなんぞ殴っても面白（おもしろ）くねぇ！」

「んなこと俺が知るか！」

顔も姿も見ることなく、されどピッタリと息を合わせた俺達の共闘は、瞬（また）く間（ま）にクロヌリの群れを殲滅していった。

が、倒しても倒しても敵の数があまり減らない。まだまだ余裕はたっぷりだが、流石にちょっとうんざりしてきた。

「なあドーベン、こいつらいつまで湧いてくるんだ⁉　指揮個体とかいねーのかよ⁉」

「そんなのがいるなら、真っ先に倒してるに決まってんだろ！　クロヌリの襲撃ってのはこういうもんだ。だからこそこれだけ経っても援軍が来ねぇんだろうしな」

「……なるほど、そういうもんか」

　確かに頭を潰せば終わるとかじゃなく、波が収まるまで延々と倒し続ける以外の方法がないとなれば、おいそれと防衛戦力は動かせない。これだけの物量を相手にするのが前提なら、半端な人数を送っても無駄死にさせるだけだしな。

「勿論でかい町とかなら別だろうが……チッ、こんな田舎村じゃ仕方ねぇさ」

「何を悲観してやがる。最高の援軍がここにいるだろ？」

「ハッ！　違いねぇ！」

　軽口を叩きながら、俺達はなおも戦い続ける。幸か不幸かクロヌリの死体は放置すると一〇分ほどで自然に消えてくれるので、足の踏み場がなくなるということはない。

　まあ代わりに敵の足止めにもならないわけだが……それでもひたすらに戦い続けること、おおよそ三〇分。遂に湧きの止まったクロヌリ、その最後の一体を俺の剣が斬り伏せた。

「ハァ、ハァ……終わりか？」

「ハァ、フゥ……みてぇだな。通常のクロヌリは三日もありゃ湧いてくるだろうが、この規模の襲撃は、通例なら最低でも五年は来ねぇはずだ」

「そいつは……あー、いい、のか？」

「いいさ！　襲撃ってのはいつ来るかわかんねぇから怖ぇんだ。向こう五年は怯える必要がねぇってのはでかい。何なら移住者も……って、そうだ！　村は⁉」

ハッとした表情を浮かべたドーベンが、そのまま村に向かって勢いよく走り出した。慌てて俺も後に続くと、そこには見るも無惨に壊れ果てた村の残骸が広がっている。

「……ふざけんなよ⁉　おい、誰か！　誰かいねーか⁉」

「ん？　その声はドーベンか⁉」

必死に呼びかけるドーベンに、半壊した家の陰からケモニアンの男が姿を現した。ぱっと見はボロボロだが、その声には余裕が感じられる。

「バウ⁉　おい、何だこの有り様は⁉　村の奴はどうした⁉　妹は――」

「落ち着けってドーベン。大丈夫だ。流石に建物まではどうしようもなかったけど、村人は全員無事だ。勿論ミミルちゃんもな」

「そ、そうか……」

噛み付くような勢いで男……バウの肩を掴んだドーベンだったが、その言葉を聞くなり全身から力が抜けるのがわかる。

「みんなは向こうの広場にいるから、行ってやれよ。俺はここの瓦礫を片付けないと……あ、そうだ！　アンタがエドか？」

「ん？　ああ、そうだけど？」

平然と答える俺に、バウが一瞬目を見開く。

「そう、か……見た感じ平気そうだな。ティアちゃんが凄い数のクロヌリの群れに突っ込んだって言ってたけど……ドーベンが助けたのか？」

「あー、そいつは――」

「馬鹿言え、助けられたのは俺だ」

どう答えたものかと悩む俺に、しかしドーベンは俺の背中をバシンと叩いて間髪容れずそう答える。しかしバウの顔はどこか半信半疑だ。

「ドーベンを毛無しが助けたのか？」

「何だよ、俺の言うことを疑うってのか？」

「いや、そうじゃねーけど……って、それはいいんだよ。ティアちゃんも広場にいるから、行ってやるといい。

いやー、あの子の精霊魔法？　それのおかげで大きな怪我人を出さずに済んだ。毛無しにも凄い奴がいるんだなぁ」

「ガッハッハ！　俺の友達もそのツレもスゲェってことだ！　よし、行くぞエド！」

「おう！」

「ありがとなー！」

手を振るバウをそのままに、俺とドーベンは破壊された村の中を走って行く。すると徐々に無事な建物が増えていき、中央の広場には人だかりができていた。駆け寄る俺達に気づいた人達が道を開けてくれると、皆に囲まれた中から姿を現したのは、仲良く手を繋いだ二人の女性だ。

「ミミル！」

「お兄ちゃん！」

その姿を見て、ドーベンがもの凄い勢いで走り出す。そのままミミルのところに辿り着くと、飛びついてくるミミルを軽々と受け止め、抱きしめた。

「よかった。無事で……怪我はねぇか？」

「うん、大丈夫。お兄ちゃんこそ、大丈夫？」

「当たり前だろ？　この俺様があの程度の雑魚に後れをとるかよ！」

「そっか、よかった……」

ドーベンの体には結構な量の血の跡が残っているが、実際ここに来る前に使った回復薬によって傷はすっかり治っている。元気そうな兄の姿にミミルは涙を流しながら背中に回した腕にギュッと力を込め……そんな二人を見守る俺に、もう一人がそっと近寄ってくる。

「お疲れ様、エド。無事に助けられたみたいね」

「おう！　そっちもお疲れ。ちらっと聞いたけど、随分活躍したみたいだな？」

「まあ、それなりにね」

「おう兄ちゃん！　そっちの姉ちゃんは凄かったんだぜ？　何かこう……何だ？　風がスゲー吹いて寄ってきたクロヌリを吹き飛ばしたり、地面がボコッと盛り上がってクロヌリをひっくり返したりしてよぉ！　まあ飛ばした火が近くの家に燃え移った時はちょっと焦ったけど……」

「えぇ？　ティア、お前……」

「仕方ないじゃない！　咄嗟に発動できるのがそれしかなかったのよ！　それに家が少し焦げるくらい、怪我をするよりいいでしょ？」

「違いねぇ！　あの家は俺の家なんだけど、今日の記念に直さずとっとくぜ！」

「あっ…………えっと、ごめんなさい……」

「いいってことよ！」

咄嗟に謝るティアに、側にいた男性が笑いながら去っていく。かなり機嫌がよさそうなので、これは本当に気にしていないのだろう。

「うう……」

「そんな顔すんなって。実際そのくらいどうってことないだろ？　ここにいる人達の顔を見りゃ、ティアがどれだけ頑張ったかなんてわかりきってるじゃねーか」

「エド……うん、そうね。守れてよかったわ」

「ああ」

俺の肩にそっとティアが頭を寄せてきたので、腕を回してポンポンと叩く。一周目のあの日、慟哭にまみれた景色はもうない。無事を喜び笑顔で声を掛け合う人々の姿に、俺は柄にもなく胸を熱くさせる。

「おーい！」

と、そこで俺達が最初に村に入った方向から、聞き覚えのある声が響いてきた。そちらに視線を向ければ、そこには手と尻尾を大きく振りながら近づいてくる勇者様の姿がある。

「ワッフル！」

「柵の側にいたクロヌリは全部やっつけたのだ！　念のために村の外を一周してきたけど、

もうクロヌリの姿は何処(どこ)にもなかったのだ！」

「そうか、お疲れ」

「お疲れ様、ワッフル」

「わっふっふぅ！　ワレはこの程度では疲れたりしないのだ！　それより――」

ワッフルの視線がドーベンの方へと向く。するとドーベンはミミルを放し、ワッフルの方に近づいていった。

「ワッフル……そうか、お前も来てくれてたのか」

「当然なのだ！　ワレは勇者だからな！」

「ああ……そうだな。俺達の村を救ってくれたお前は、間違いなく勇者だ。ははは、俺が負けるわけだぜ……」

「ドーベン？　どうしたのだ？」

急に肩を落としたドーベンに、ワッフルが心配そうに声をかける。だがドーベンは固く拳(こぶし)を握(にぎ)りしめ、俯(うつむ)いたまま呻(うめ)くような声で語る。

「本当にそうだ……あの日から、俺は強くなった。強くなったつもりだったのに……肝心(かんじん)な時に何も守れてねぇじゃねぇか！　くそっ！」

「おいドーベン、それは――」

「言うなエド！　わかってんだ。自分が一番……ワッフルがいなきゃ、とっくにクロヌリの大群が村に入り込んでたはずだ。ティアがいなきゃ、それに対抗できずに死人が出てたはずだ。そしてテメェがいなけりゃ、俺は未だに一人でクロヌリの群れを殴りつけてたはずだ。

何でかな、スゲェ鮮明に頭に浮かぶんだよ。必死こいて村に帰ってきたら、そこには冷たくなったミミルがいて……遅れて駆けつけてきたお前達を、俺は馬鹿みたいに意地はって拒絶するんだ。その結果、俺も……」

「ドーベン………」

ドーベンが一周目の記憶を持っているとは思えない。が、同じ魂を持つ者が同じ時を繰り返しているなら、そこには残滓があってもおかしくない。

実際、話を聞いた限りではティアもそんな感じらしかった。ならばこそドーベンの独白を聞くティアが、俺の手を強く握ってくる。

「俺は……弱ぇ……っ！　何も、何も守れやしねぇ……っ！」

「それは違うのだ、ドーベン」

肩を震わせるドーベンに、ワッフルが堂々と語りかける。

「村のみんなが無事だったのは、ドーベンが日頃から自警団の人達を鍛えていたからなのだ。それに自分が率先して動いて柵を頑丈な作りにしたから、これだけ耐えられたのだ」

もしどっちかが足りなかったら、きっとワレ達が来た時には大きな被害が出ていたはずなのだ。

（そう言えば……）

ワッフルの台詞に、俺はふと一周目のことを思い出す。確かにあの時、村を囲っていたのはごく普通の木柵だった。腰の高さ程度の柵は一定間隔に打たれた杭を支柱として薄い板を張り付けた程度の簡素なもので、さっき見たような頑丈な造りではなかったはずだ。

（そうか、そんなところから、もう変わってたのか……）

きちんと実力で負けたことで、ドーベンは腐ることなく己を高める努力をした。また自分が最強ではないと知っていたからこそ、防衛用の柵とか自警団を鍛えるとか、万が一の備えをしたのだ。

その全てが、繋がっている。ワッフルを「真の勇者」にしたからこそ、全てを救う道が生まれたのだ。

「だから胸を張るのだ、ドーベン！　ワレは確かにドーベンに勝って勇者になったけど、今この村を救ったのは、間違いなくドーベンなのだ！　だからドーベンも勇者なのだ！」

「俺が……勇者……？」

「そうなのだ！　世間がワレを勇者と認めてくれたように、ワレがドーベンを勇者だと認めるのだ！

というか、ワレだけじゃなくて、きっとここにいるみんなが認めてくれるのだ！」

「そうだぜドーベン！　お前のおかげだ！」

「ありがとうドーベンさん。貴方が鍛えてくれたおかげで、うちの息子も無事に帰ってきてくれたのよ！」

「ドーベン万歳！　勇者ワッフル様万歳！」

「そこはティアちゃんも万歳してやれよ」

「じゃあもうあれだ！　全部纏めてバンザーイ！」

「「バンザーイ！」」

「お前等……っ」

周囲からの歓声に、ドーベンの肩が再び震え始める。だがその意味は先ほどまでとはまるっきり正反対で……それをわかっているミミルが、そっとドーベンに声をかける。

「ほら、お兄ちゃん！　いつまでも下を向いてちゃ駄目でしょ？」

「ミミル……でも、俺は……」

「今更恥ずかしがったって無駄よ！　それに、勇者なら上を向かなきゃ。じゃない？」

「……チッ」

俯いていたドーベンの顔が動き、天を仰ぐ。その目からは止めどなく涙が流れており、頬を伝う雫は血に塗れた体を洗い流していく。

「何だよドーベン、泣いてんのか？」

「エド……っ⁉ んなわけ…………くそっ！　ああ、そうだよ！　これだけされて泣かねぇ奴なんて、男じゃねぇだろ！　ウォォォォォォン！」

泣きながら鳴いたドーベンの遠吠えは、高く青く広がる空に、吸い込まれるように消えていった。

その後、俺達は一週間ほど村に滞在し、復興に協力した。見事クロヌリを撃退したことが伝わった近くの町から救援物資もたっぷり届き、もの凄い勢いで壊れた建物が直っていく様は、見ていて圧倒されるほどだ。

いや、マジでスゲーなケモニアン。個々の身体能力が高いうえにやる気も物資もてんこ盛りだと、ここまで簡単に家が建つのか。

「何か、あっという間に元通りになっちゃいそうね」

　ボーッと作業風景を眺めていた俺に、同じく手持ち無沙汰らしいティアが話しかけてきた。隣に並んで立つティアに、俺はニヤリと笑って答える。

「何だ、ティアもサボりか？」

「何もしなくていいって言われてその通りにするのは、サボりに入るのかしら？」

「あー、どうだろうな？」

　この段階になると、身体能力で劣る俺達はもう手伝えない……というか、下手に手伝うと却って邪魔になってしまう。

　かといって、皆が忙しくしているところで何もしないのはいかにも居心地が悪い。となれば……

「そろそろ出発の時期だろうな」

　この村でできることは、もうない。そう考えているのは、どうやら俺達だけではなかったようだ。

「おーい、二人とも！」

「ワッフル。どうした？」

「うむ。実はそろそろこの村を出ようと思っているのだ。復興も大分進んだし、ここからは実際にこの村で暮らしてる人達に任せた方がいいと思うのだ」

「そっか。いいんじゃねーか？　なあティア？」

「ええ、私もいいと思うわ」

「そうか。なら——」

「おい！　お前達！」

俺達の会話に、不意に割って入ってくる奴がいる。黒く艶めかしい体毛に包まれた筋肉質の大男……ドーベンだ。

「ドーベン？　どうしたのだ？」

「いや、その……お前達、もう村を出て行くのか？」

「そうなのだ。ワレは勇者だから、他の困ってる人達も助けにいかなければならないからな！」

「そう、か……えっと、その……」

「もーっ！　お兄ちゃん！」

何とも歯切れの悪いドーベンの尻を、背後からやってきたミミルが思い切り蹴飛ばす。鍛え上げられたドーベンの体は小揺るぎもしないが、代わりに顔は何とも気まずい感じに歪められた。

「ミミル⁉　お前、どうして——」

「どうしても何もないでしょ！　言いたいことはちゃんと言わなきゃ駄目よ！」

「お・に・い・ちゃ・ん！」

「わ、わかったよ………なあワッフル。お前の旅に、俺も同行させてくれねーか？」

ミミルに凄まれ、ドーベンがそう口にする。絵面としては情けないが、その顔は真剣そのものだ。

「今回のことで、よくわかった。俺はまだまだ弱くて……でもちゃんと強くなりてぇんだよ。お前達と一緒なら、そうなれると思うんだ。だから……」

「ワレはいいけど、この村はどうするのだ？」

「ああ、それは平気だ。自警団の奴らにはちゃんと話を通してあるし、そもそも今回の襲撃をしのいだから、最低でも五年くらいは雑魚がちょろっと湧く程度だろ？　なら俺がいなくても何の問題もねぇ」

「わふぅ、確かにそうなのだ。なら一緒に行くのだ！　エドもティアも、いいのだ？」

「勿論！　戦力が増えるのは大歓迎だ」

「私も！　賑やかになるのはいいことだわ」

「そ、そうか！　なら……」

そう言って、ドーベンが手のひらを上にして腕を伸ばしてくる。だがそれを見たワッフルはピクリと鼻先を動かすと、差し出された手をベチンと叩く勢いで掴み、そのまま横向きにする。

　それは相手を対等と認めた証。それに驚くドーベンに、ワッフルが勢いよく尻尾を振りながら言う。

「ワレとドーベンの間に、上も下もないのだ！　これからよろしく頼むのだ、ドーベン！」

「ワッフル……おう、任せとけ！　この俺様が同行するからには、テメェに毛一本の傷だってつけさせやしねぇ！」

「よかったねお兄ちゃん！」

「ああ。見てろよミミル。五年なんてケチ臭いことは言わねぇ。俺達で魔王を倒して、未来永劫クロヌリの襲撃なんてものが来ないようにしてやるぜ！　ってことで、ほれ」

　大口を叩くドーベンが、今度は俺に向かって手を出してくる。その手は横向き……つまり対等だ。

「おいおい、いいのか？」

「いいも悪いもねーだろ。お前は俺の恩人で、友達だ。それ以上の理由が必要か？」

「……はっ、こいつはやられたな」

　助けるのに理由がいらないなら、対等な握手をするのにだって理由が必要なはずもない。

俺はドーベンと握手を交わし、次いでティアも同じように横向きの握手をした。これにてドーベンは正式な仲間となり……そして俺達は、掴み取った未来を噛み締めるように最後の旅路へと歩を進めていった。

それは一周目とは違う、未知の旅。悲壮な顔をしていたワッフルはご機嫌に尻尾を振っていて、あの日死んでしまったドーベンが楽しげに笑い声をあげる。当時は力不足で救えなかった人達を救い、二人では辿り着けなかった場所に四人で力を合わせて到達し……あっという間に流れた時は、しかし遂に終わりの時を迎えた。

「ここから先は、ケモニアンしか立ち入れない聖地なのだ」

「みてーだな。なら俺とティアは、ここまでか」

一見すれば、単なる洞窟の入り口。だがその先には不思議な空間が広がっていて、そこには勇者の力を高めて魔王を倒すために必要な何かがあるらしい。

そう、あくまで「らしい」だ。一周目でもそうだったし、二周目の今も俺はこの先に立ち入れない。

「チッ！　何だよこの糞みてぇな仕掛けは！　どうにか、どうにかなんねーのか⁉」

そんな洞窟の入り口の前で、ドーベンが忌々しげに入り口の壁を殴っている。そうして傷ついたドーベンの手を、ティアがそっと自分の手で包んで止める。

「やめて、怪我しちゃうわ。入れないものは仕方ないわよ」

「でもよぉ……くそっ、くだらねぇしきたりなんざ、無視してやればいいと思ってたんだが……」

この洞窟にはケモニアンしか入れない。それはそう決められているからではなく、ケモニアン以外は入り口にある不思議な結界により、物理的に入れないのだ。まあ俺だけであれば〈不可知の鏡面〉ですり抜けたりできそうだが、ちょっとした好奇心程度でここまでの流れを台無しにするつもりはない。

「いい加減にするのだドーベン。ワレだって同じ気持ちだけど、ティアの言う通りどうしようもないのだ。試練にどれだけ時間がかかるかわからないから、ここで待っていてもらうわけにもいかないし……」

「なら、試練が終わったらまたパーティを組めばいいじゃねーか！　どうだエド？　終わったら狩小屋に伝言を出すから、そしたらまた——」

必死に食い下がってくれるドーベンに、しかし俺は静かに首を横に振る。

「悪い、ドーベン。お前やワッフルと一緒だったから大丈夫だったけど、人間である俺達だけじゃ、この国に長期滞在はできねーんだ。所詮俺達は望まれない客人だからな」

「お前達くらい強けりゃ、そんなのどうとでもなるだろうが！　ワッフル、お前の勇者の肩書きがあれば……いや、それとも俺の村に行けよ！　あそこならミミルがいるし、大歓迎で受け入れてくれるさ！」

「駄目だって。確かにあそこの人達なら歓迎してくれるだろうけど……世の中にはそうじゃない奴らだって沢山いるだろ？　万が一何かが起きたとき、ワッフルが一緒じゃねーと俺達の意見はまるっきり通らねーよ。

たとえば俺達がいる時にあの村が襲われたら、どうなると思う？　そのまま見殺しにすりゃ俺達が殺したことにされるし、抵抗したら『村に立ち寄っただけの善良なケモニアンを、凶暴な人間が襲った』ことにされちまう。俺達自身はお偉い肩書きがあるわけでもねーし、たった二人……しかも片方が女となれば、人間を責める口実作りには手頃だろうからな」

「そんな⁉　ことは……」

大口を開けたドーベンが、しかしそこで言葉に詰まる。この国で生まれ生きてきたドーベンであれば、余所者の俺なんかよりこの国のことはよっぽどわかっているからだ。

「勿論、ケモニアンがみんなそんな奴らだなんて言うつもりはねーぜ？　ただ多かれ少なかれ偏見を持ってる奴らはいるし、ごく一部とはいえそういうことをする過激派もいる。だからまあ、この辺が限界ってことだよ。送ってもらうわけにもいかねーし、あとはこそこ隠れながら人間の国まで戻るさ。そっちにいても、お前達が魔王を倒せばすぐわかるだろうしな」

「………………クソがっ！」

おどけたように肩をすくめて言う俺に、ドーベンが再び壁を殴る。ドーベンの怪力でも試練の洞窟が壊れたりすることはないが、代わりにドーベンの拳からポタポタと血が滴り落ちていく。

「……正直、お前達に会う前は、俺も少なからず毛無し……人間を見下してた。自分達は戦いもしねぇで裏に引っ込んでるくせに、口ばっかりでかい卑怯者だってな。だからエドの言うことを、俺は否定できねぇ……っ！　クソッ、クソッ！　何だこの様は⁉　自分が弱いと認めて、強くなるために一緒に旅に出たってのに、俺は友達の居場所すら作ってやれねぇほど弱いのか⁉」

「ドーベン……それはワレも同じなのだ。勇者と呼ばれていても、ワレの目の届かない場所でエド達が安全に暮らせるようにはしてやれないのだ」

「ははは、気にすんなって。これは俺達とかワッフル達がどうってことじゃなくて、人間とケモニアンが積み重ねてきた歴史の問題だからな。そんなものを個人でどうこうしようなんて、それこそ王様でもなきゃ無理だろ。

「でも、そうだな……」

そこで一旦言葉を切ると、俺は空を見上げる。木々の隙間から見える空は何処までも青く澄み渡っており、その色はきっと、人にもケモニアンにも同じに見えるはずだ。

「もしお前達が魔王を倒して偉くなったら、俺達みたいなのもいるってたまには思い出してくれよ。そうすりゃ人とケモニアンの垣根も、少しくらいはマシになるかもな」

「わかったのだ。ケモニアンの勇者ワッフルの名において、エドとティアの存在を決して忘れないと誓うのだ」

「俺もだ！　誓うような肩書きはねーが、友達の顔を忘れたりするわけねーだろ！」

「なら、それで十分さ」

「ワッフル！」

微笑む俺の横から、ティアがワッフルに飛びつく。それは図らずもワッフルに初めて出会った時と同じだったが、今のワッフルは戸惑うことなくティアの抱擁を受け入れてくれる。

「一緒に旅ができて、楽しかったわ……ありがとう、元気でね」

「ワレも楽しかったのだ！　ありがとうティア。今ならちょっとくらい撫で回してもいいのだぞ？」

「フフッ、それは魅力的ね」

ワッフルのモフモフの毛並みを少しだけ撫でてから、ティアが離れる。次に向かい合うのはドーベンの方だ。

「ドーベンも……短い間だったけど、楽しかったわ。妹さんと仲良くね」

「ヘッ、んなことお前に言われるまでもねーよ。そっちこそエドと仲良くやれよ？」

「ご心配なく！　私とエドはこれ以上ないくらい仲良しだから！」

「そうかよ！　ったく……ありがとな。俺も楽しかったぜ」

ぶっきらぼうにそっぽを向くドーベンだったが、軽く口を開けているのは照れている証拠だ。相変わらず素直じゃないが、そこがまたドーベンらしい。

「さてと……じゃ、ワッフル。けじめを頼む」

「わかったのだ。では……勇者ワッフルの名において、エドとティアの二人を、ワレのパーティから外すのだ。ここまでありがとうなのだ！」

そう言って、ワッフルが横向きに手を出してきた。そうなれたことが嬉しくて、俺は万感の思いを込めてその手を握る。

「狩証の処理は、この試練が終わったらワレの方でやっておくのだ。だからそれまでに安全な場所まで移動するのだぞ？」

「おう！　ま、上手くやるさ。頑張れよ、二人とも」

「わふっ！」

強く握った手を離すと、ワッフル達は振り返ることなく洞窟の中に消えていった。その背を見送り、俺達もまた手を繋いで歩き出す。たとえ意味などなくても、立ち去るときは前に進んでいたかったから。

『三……二……一……世界転送を実行します』

そしてきっちり一〇分後。俺達は緑の木々と日の光に包まれながら、静かにこの世界を「追放」されていくのだった。

「よっ……と。ふぅ、今回も無事に終わったな」

軽い酩酊感の後、いつも通りに「白い世界」へと帰還した俺は、慣れた感じで首やら肩やらを回してみる。今回の旅はそこまで長くはなかったので、体の違和感は少ない。

これがもっと何十年なんて期間であれば「若返った！」と感動することもできるんだろ

うが……二〇歳の俺が半年とか一年若返っても、感覚的にはむしろ「せっかく鍛えた筋力が落ちた」という感じしかしないのが何とも残念だ。いや、おっさんになるまで異世界に滞在したいわけじゃねーけど。

「って、そうだ。ティア、大丈夫か？」

俺の方は一〇〇回以上経験していることだが、ティアはこれが初めての帰還だ。横を見ればティアもまた、軽く眉をひそめて自分の手を握ったり開いたりしている。

「ええ、平気よ。平気だけど……なんかちょっと変な気分？」

「変？　体調が悪いとかか？」

「そうじゃないわ。ほら、病気で寝込んだあとに起きると、元気になってるはずなのに少しだけふらついたりするでしょ？　そんな感じっていうか……でも実際にはずっと元気なわけだから、今ひとつ意識と体が噛み合わない？」

「あー、なるほど。確かに弱体化……って言うと大げさだけど、ちょっと弱くなってるわけだから、そうなるのか」

「そうそう。あ、でも、もう大丈夫よ。そもそも私の場合、一〇年経ってもそう変わらないだろうし」

「ほほぅ？　やっぱり一〇〇歳超えは違う……イテェ!?」

ニヤリと笑って言う俺の尻に、ティアの鋭い蹴りが炸裂する。鍛え方が微妙だった頃の体に、これは効く。

「そういう意味じゃないわよ！　私の場合はアレクシス達と旅を終えた後の体に戻るんだから、エドと違って最初から鍛えられてるって話でしょ!?」

「そ、そうか……悪い」

「まったくもーっ！　エドはまったく！」

むぅ、エルフであっても女性に年齢の話をしてはいけないらしい。エルフで一〇〇歳は普通に若いはずなんだが……

「……エド？」

「さーて、それじゃお楽しみの結果発表といきますか！」

ジロリと睨むティアから顔を逸らし、俺はテーブルの方へと近づいていく。そこでは今回もまた水晶玉がチカチカと輝いており……よしよし、ならやっぱりあれは毎回のことになるのか。

「見てろよティア、今から面白いものを読ませてやる……ていっ！」

俺はしっかり身構えながら、水晶玉に触れる。だが警戒していた頭上からは一向に何も落ちてこず、ただ虚しく時間だけが過ぎていく。

「えっと……エド？　何してるの？」

「あっれぇ？　いや、前は上から本が降ってきたんだけど……」

「本？　本って、それのこと？」

「それ？　あれっ⁉」

ティアの視線の先……テーブルの上には、「勇者顛末録」と書かれた本が置かれている。

え、何でだ⁉

「なあティア、これいつからあった？」

「ほえ？　最初からあったでしょ？」

「ええ……？」

見逃した？　こんな目立つものを？　むぅ……

「あ、そうか。いつも通りじゃねーか」

悩んでみたものの、俺が見てないところから本が出現するのはいつものことだと思い至る。なら気にするだけ無駄だな、うん。

「ねえエド、本当にどうしたの？」

「悪い悪い、こっちの話だ。それよりその本だよ。そいつには今追放されてきた世界のことが書いてあるんだ」

「そうなの⁉　何それ、凄いじゃない！　なら早く読みましょう！」

「おう、そうだな」

ティアに急かされ、俺はテーブルについて本を手に取り、ゆっくりとページをめくっていく。そこに書かれているのは当然ながら勇者ワッフルの人生だ。

「これってワッフルのことが書かれてるのね？」

「そうだ。なんでまあ、ワッフルが関わってないことに関してはわからねーんだが」

「そこまで贅沢は言えないわよ。わぁ、ワッフルってこんな子供だったのね」

本の中には、幼いワッフルが真面目に剣を振る日々が書かれている。どうやら村に来た狩人の戦士に憧れ、そこから転じて勇者を目指すようになったらしい。流石に勇者だけあってワッフルにはなかなかの才能があり、ならばこそ両親を含む周囲の人々もワッフルが危険な道を歩むことを肯定的に受け止めていたようだ。

「あ、ここ！　ここで私達と出会ったのね！　自分の事が本に書かれてるなんて、何だか不思議な気分」

「そうか？　俺はともかく、ティアはアレクシス達と魔王を倒したんだから、歴史書とかに書かれてるんじゃねーの？」

「それは……どうなのかしら？　ちょっとくらいは書かれてるかも知れないけど、気にしたことはなかったわね」

「まあ、今更確かめようもないしな。それより……」

「……ええ、ここから先は、私達が帰ったあとね」

楽しい思い出はまだまだ鮮明で、だからこそページをめくる手も速くなってしまう。あっという間に自分達の出る場面を読み終えれば、その後は前も今も立ち入れなかった試練の洞窟での出来事が書かれている。

無論それに留まらず、ワッフルとドーベンの活躍はその後も続いていき……そして遂に、勇者ワッフルの物語にも終わりの時が訪れる。


――第〇〇二世界『勇者顛末録』　終章　「エドルティア王国」

かくて勇者ワッフルと英雄ドーベンの二人により魔王は倒され、世界からはクロヌリの脅威がゆっくりと減少していった。それによって生まれた余剰軍事力と、魔王が支配していた広大な土地、更には魔王を打ち倒した勇者と英雄という二つの象徴を得たことで、一部のケモニアン達の間に「これを機に人間の国を打ち倒し、世界をケモニアンの力で統一すべし」という声が高まった。

勇者の活躍に熱狂すればこそにわかに盛り上がる、新たな火種。だがそんな人々に対し、勇者ワッフルは「ワレが魔王を倒せたのは、かけがえのない人間の友がいてくれたからなのだ。その恩と友の想いをワレは未来永劫忘れないのだ！」と高らかに宣言し、英雄ドーベンもまた同様の発言をしたことで、その火種は燃え上がることなく消えてしまった。

それどころかケモニアンの勇者が人間を認める発言をしたことをきっかけに、冷え込んでいた人間とケモニアンの間での交流が深まり、手つかずの空白地帯があったことも手伝って、その二〇年後には世界初の人間とケモニアンの双方を国民とする新たな国、エドルティア王国が誕生した。

エドルティアの初代国王となった勇者ワッフルと、片腕たる大将軍ドーベン。その生涯をかけて両種族の融和に尽力した二人が「友」と再会することはついぞなかったが、その何処までも純粋な想いは、今も人間とケモニアンが笑い合うこの国の中に確かに刻まれている。

「そう、か……スゲーな。魔王は倒すと思ってたけど、まさか王様になってるとはなぁ」

世界を変えたいなら、王様にでもなるしかない。冗談のつもりで言ったそれを、まさか本当に実行するとは……自慢の友人達の凄さに、思わず笑みがこぼれ落ちる。

「ねえ、エド？　この国の名前って……」

「言うな。考えたら駄目なやつだ」

そして必死に意識しないようにしていたそれを、ティアの指摘で誤魔化せなくなる。いや、嬉しいよ？　嬉しいし誇らしいと思うけれども……

「流石に国の名前にされるのは、ちょっと……どう反応していいかわからないわ」

「だよなぁ」

俺達があの世界に残っていたら、きっと俺とティアも人間代表として、偉い人になってたんだろうなぁ。立身出世を夢見る奴なら泣いて喜ぶんだろうが、生憎俺はそういう性分じゃないので、可能な限り遠慮したい。

「それにしても……私達にとってはついさっきのことなのに、あの扉の向こうではもう何十年もの時間が流れちゃったのね」

「ああ、そうだ。だからこそ異世界は、一度出たら戻れないのかもな」

「そうね。懐かしいと思うにはあまりにも早すぎるし……これもやっぱり、不思議な気分」

「ははは、そのうち慣れるさ。さ、それより一休みしたら、次の世界に行こうぜ？」

「ええ！　あ、その前に……えいっ！」

席を立つ俺の隣で、ティアが光る水晶玉に手を伸ばす。するとまた光が飛び散り、ティアの中に吸い込まれていく。

「お、またいけたのか。今度はどんな能力をもらったんだ？」

「ふふーん、秘密よ！　その時が来たら教えてあげるわ！　ふふっ、きっとビックリしちゃうんだから！」

「何だよ、気になるな……そういうことなら、さっさと次の世界に行くか」

「ええ、いいわよ。ちなみに次の世界って、どんな場所なの？」

「あー、どうだったかな……？」

新たに出現した扉の前に移動しながら、俺は一〇〇年前の記憶をほじくり返す。が、残念ながら思い出せることは何もない。

「……………ま、行けばわかるだろ」

「適当ねぇ。まあ知らずに行く方が楽しみは増えるでしょうけど」

「そうそう！　何事も前向きに考えて行こうぜ……ってことで」

「ええ、行きましょ！」

ティアの手をしっかりと握り、俺は新たに出現した〇〇三の扉を開く。新たな出会い、新たな冒険を求めて踏み出した一歩は、今回もまた光の中へと消えていった。

『世界転送、完了』

「フゴッ⁉」

第〇〇三世界へと降り立った瞬間、俺の全身がギュウギュウに締め付けられた。いや、正確には締め付けられたわけではない。何だかわからないが、とにかく狭い場所に押し込められたという感じだ。

「ちょっ、エド⁉　何これ、すっごくきついんだけど⁉」

「わ、わからん。何でこんなことになってんだ……？」

「ええ……？」

もの凄く近い位置にあるティアの顔には、色濃い困惑が浮かんでいる。というか、それは俺も同じだ。一周目の何処を思い出しても、こんな訳のわからない場所に降り立った記憶はない。

まさか違う世界に出た？　でも違うにしても、こんな経験したことねーし……ひょっとして一〇一番目の世界とかか？

「んっ……くぅぅ……」

「おいティア、動くなよ！　狭いって！」

「エドこそ動かないでよ！　あ、駄目！　腕痛い！」

「わ、悪い！」

しっかり考えたいところだが、ティアの苦悶の声と密着した体の熱が俺の思考にノイズを入れ続けてくる。

冷静だ。冷静になれ。追い詰められた状況でこそ、頭を冷やして状況を見極めねばならない。こういう時に有効なのは、思考を言葉として口に出すことだ。頭の中で巡らせるのではなく、一旦口から出して耳に戻すことで自分の考えを客観視するのがいい。

「なんとなく……地面が揺れてる感じがする、か？」

「ねえエド、私のお尻に硬いものが当たってるんだけど」

「剣の柄だ。我慢しろ……隙間から光が漏れてる？　なら完全な密閉空間とかじゃないわけだな？」

「ううう、ならエドの正面に回る感じにすれば、少しは隙間が……きゃっ!?」

「むぐ……蹴ると軽い音がする。木製？　なら壊せるか？」

「駄目よエド、くすぐったい！　胸に顔を埋めながら喋らないで！」

「地面が揺れる……水の上？　それに木箱の中？　これは……ぐっ⁉」

「もう駄目、我慢できない！」

閃きが答えを導き、走った頭痛が記憶を呼び覚ます。そうか、ここは――

「おいティア、わかったぞ。ここは……って、ティア？」

「ルナリーティアの名の下に――」

「ちょっ、おま⁉　いつの間に詠唱を⁉　待て待て待て待て！」

据わった目で詠唱を続けるティアを、俺は慌てて制止する。が、元々一人で入るはずだった木箱に二人も入っているせいで、俺の体もほとんど動かせない。マズい、これはマズいぞ。

「これか？　おい、密航者共！　大人しく出てこい――」

「よけろっ！」

「顕現せよ、『ストームブリンガー』！」

「へぶあっ⁉」

俺の警告も虚しく、箱の蓋を開けたひげ面のオッサンの顔にティアの精霊魔法が炸裂する。上方の制限がなくなったことで何とか立ち上がった俺達を待ち受けていたのは……

「あ、兄貴⁉　テメェ、一体何のつもりだ⁉」

「ははは……」

「ふぅ、やっと出られたわ……」

抜き身の剣を突きつけてくる、柄の悪い男達の集団であった。


「へぇ、こいつらがその密航者かい？」

「へい、姐さん！」

「姐さんじゃなく、船長と言いな！」

「へぐっ⁉　す、すんません姐……船長……」

悪人面の男達に連れて行かれた、船の甲板。その中央で二〇人ほどの男達に囲まれる俺達の前で、半裸のような大胆な服装をした女性が、そう言って部下と思われる男を殴り飛ばす。

蘇った記憶が間違いでないなら、ここは船の上。そして目の前にいる大きな胸と尻をぶるんと揺らす三〇代前半の赤毛の美女こそ、この船の船長にして勇者だ。

「まったく……で、アンタ達、名前は？」

「俺はエドです。で、こっちは……」

「私はルナリーティアよ。えっと、その……ごめんなさい。信じてもらえないかも知れないけれど、決して乱暴を働くつもりはなかったのよ？」

両手を上げて降伏を示す俺の隣では、ティアがしょんぼりと耳を垂れ下がらせながら言う。だがそんな俺達に対し、船長は意外にも気さくな感じで笑い声をあげる。

「ハッハッハ、別に構いやしないよ。ウチの男共はどいつもこいつも悪党面だからねぇ。アンタみたいなお嬢ちゃんが見たら、悲鳴の一つもあげて当然さ」

「ちょっ、酷いですよ姐さん！」

「船長と呼びなって言ってるだろう！」

「ごはっ⁉」

船長の投げたナイフが、抗議の声を上げた……そしてさっきティアが吹き飛ばしてしまった男の額に直撃する。勿論当たったのは柄の方だが、金属で補強された硬い木の柄は普通に凶器だ。ゴスッという鈍い音と共に、男が涙目で額を撫でさする……あれは痛いだろうなぁ。

「ハァ、まあいいさ。で？　このアタシの船に密航するたぁ、どういう了見だい？　事と次第によっちゃ、このまま海に放り投げて魚の餌になってもらうところだが……」

軽い口調はそのままだが、船長の声に凄みが乗る。その言葉が単なる脅しではなく、自分の気に入る答えでなければ本当にそうするであろう事は想像に難くない。

「まずは貴方の船に無断で乗り込んだ無礼を、深くお詫び致します」

ならばこそ、俺は上げていた手を戻し、礼節をもって応える。一周目の時は無様に土下座し命乞いをするしかなかったが……今の俺は違う。

「とはいえ、こちらにもやむにやまれぬ事情がありまして。謝礼をお支払い致しますので、半年ほどこの船に置いていただくことはできませんか？」

「……アンタ、耳はついてんのかい？　アタシはその事情とやらを聞いてるんだが？」

「申し訳ありませんが、それをお答えすることはできません。それをお伝えすると、貴方達も俺達の事情に巻き込んでしまいますから」

「ほう？　つまりアレかい？　人の船に無断で乗り込んできた明らかに厄介事を抱えている奴を、何の理由も聞かずにこの船に置いてやれと？　それに見合うだけの謝礼とやらは、今持ってるのかい？」

「ええ、こちらに」

俺は腰の鞄に手を突っ込み、見えない位置で〈彷徨い人の宝物庫〉から小さな革袋を取り出すと、それを船長に投げ渡す。すると船長は器用に袋を受け取り、中を開いて楽しげに唇の端を吊り上げた。

「へぇ、金貨かい。だがこの程度でそんな厄介事は引き受けられないねぇ」

「勿論、まだまだ追加はございます。ですが手付けとしてはそのくらいで十分では？」

「それを決めるのはアタシの方さ。それにそういうことなら、首を刎ねたアンタから金貨だけいただいて、厄介事は海に沈めるって方法もあるんだけどねぇ？」

「ハッハッハ、それは無理ですよ」

「……何でだい？」

眉をひそめる船長に、俺はニヤリと笑って宣言する。

「決まってます。この船で一番偉いのは貴方でしょうが、一番強いのは俺ですから」

「言うじゃないか。生きのいい若いのは好きだが、大口を叩くだけの無能は嫌いだ。おい！」

「へい、船長！」

「こいつの相手をしてやんな……そんだけの口をきいたんだ、そのくらいの覚悟はあるんだろう？」

「勿論」

船長の命令で立ち並ぶ荒くれのなかから一人が前に歩み出てきたので、俺もまた一歩前に出ると腰の剣に手をかける。制止されないところをみると、見せしめにいたぶるつもりではないようだ。

「へへへ、ガキ！　随分でかい口を叩いたが、泣いて謝るなら俺様の部下ってことにして許してやるぜぇ？　ま、その時はツレの姉ちゃんに俺の相手をしてもらうけどな！」

「冗談は顔だけにしとけ。ほれ、相手をしてやるからかかってきな」

「チッ、調子に乗りやがって……ならこれで死にやがれっ！」

腰に佩いていた曲剣を手に、荒くれ男が斬りかかってくる。それはまああの速度であったが、フェイントもない無造作な斬り下ろし程度、目をつぶっていたって回避は余裕だ。

「おっと」

しかし、俺はそれをあえて剣で受け止めた。入れ替える暇がなかったので俺が手にしているのは安物の鉄剣だが、それでもこの程度の膂力での一撃を受け止めるのに苦労することはない。

「ヘッ、運がいいじゃねーか！　ならこいつでどうだ！」

縦、横、斜めと、荒くれが曲剣を振るう。だがその全てを俺は余裕をもって受け止め、薄い笑みを絶やさない。

「どうした、その程度か？」

「馬鹿にしやがって！　くそっ、このっ！」

「ほれほれ、あんよがじょーず！　いい感じだぞ？」

「がぁぁぁ！　うぜぇ！」

煽る俺に、荒くれの振るう剣の勢いが増す。が、それと引き換えに失われた繊細さはもはや如何ともし難く、今や俺は剣撃を防いでいるのではなく、俺が剣を置いた場所に荒くれが斬りかかってきている始末だ。

「ハァ、ハァ、ハァ……」

「もう疲れたのか？　海の男って割には運動不足じゃね？」

「殺す！　テメェは必ず……っ⁉」

「あっ」

荒くれの視線が、不意にティアの方に動いた。剣を受けながら回るように移動していたため、俺よりも荒くれの方がティアに近い。俺が見ている間にも荒くれがティアに走り寄り、その首筋に剣を突きつけた。

「コイツの命が惜しけりゃ、剣を捨てて這いつくばりやがれ！」

「あー……なあ船長、こういう場合はどうすりゃいいんだ？」

「アタシが助けるとでも思うのかい？」

「そうじゃねーよ。こっちの判断で解決してもいいのかって聞いてんだ」

事ここに至れば、もう丁寧語で下手に出る必要もない。俺の問いに、船長は小さく鼻で笑って欲しかった答えをくれる。

「フンッ、好きにしな」

「だ、そうだ。好きにしていいぞ、ティア」

「いいの？　じゃ、遠慮なく」

「テメエ、動くなぎゃぁぁ⁉」

最小限の動きだけで、ティアが腰の細剣を抜いて荒くれの太ももに突き刺す。そうして荒くれが叫んだ隙に離れると、小さな声でモゴモゴと呪文を唱え始めた。そこに目を血走らせた荒くれが再び掴みかかりに行くが……

「――顕現せよ、『ヴォルテクスオーラ』！」

「うひゃぁぁぁ⁉」

突如としてティアの周囲に巻き起こった突風により、荒くれの体が宙を舞う。放物線を描いた体は、そのままボチャンと海の中に落下した。

「はい、おしまい」

「ガフス⁉　テメェ等、よくも仲間に！」

「もう許さねぇ！　二人とも切り刻んで魚の餌に――」

「やめないか、この馬鹿共が！」

いきり立つ荒くれ達を、船長の一喝が押さえ込む。あれほど殺気立っていた男達を一瞬で黙らせる辺り、流石は船長と言ったところだろう。

「なるほど、アンタ達二人とも、随分と腕が立つようだねぇ」

「お褒めにあずかり光栄です」

「フフーン！　女だからって守られてばっかりってことはないのよ？」

「そりゃそうだろう。アタシだって女だからねぇ。いいだろう、気に入った！　この二人はこのまま船に乗せる！　文句のある奴がいるなら名乗り出な！　このアタシが直々に海に叩き込んでやるよ！」

その言葉に、名乗り出る馬鹿は当然いない。黙る部下を見回して満足げに頷いた船長は、が、改めて俺達に向かって声をかけてきた。

「てことで、決まりだ。アタシはこの海賊船スカーレット号の船長、レベッカだ。それでアンタ達は、客員待遇にでもしてやればいいのかい？」

「いいえ、それだと目立つんで、普通の船員として扱ってもらえればいいですよ」

「そうかい！　ならアンタ達はこの船の新入りだ！　ルスト、モーラ！　新入りに仕事を教えてやんな！」

「「へい、船長！」」

呼ばれた二人が、それぞれ俺達の前に立つ。こうして俺とティアは、極めてスムーズかつ目立つことなく海賊船の一員としてレベッカ船長の勇者パーティに潜り込むことができた……はずなのだが。

「初めてやったけど、こいつはなかなかいい気分だねぇ」

「………………」

一通り仕事を教えられた後、甲板を磨いていた俺はレベッカに呼び出されて船長室へと来たわけだが……そこにいたのはレベッカだけ。つまり俺は今レベッカと二人だけで密室のなかにいるうえに、やたらとでかい葉っぱを持たされ、椅子に座るレベッカをファッサファッサと扇ぐ仕事を仰せつかっていた。

「えっと……船長？　これは一体……？」

「何だい、アタシが頼んだ仕事に、何か不満でもあるのかい？」

「そういうわけじゃないですけど……」

海賊船の新入りがする仕事なんて、自分以外の船員が仕事だと思うこと全てが対象だ。

派な仕事だろう。
ましてやそれが船長命令なら、別に暑いわけでもない船室にてでかい葉っぱで扇ぐのも立

で俺達を受け入れたレベッカの要求がこれとなると、その意図がわからない。
が、俺やティアがやり込めた相手なら「ああ、嫌がらせかなぁ」とわかるものの、笑顔

「何だい、あれだけの大立ち回りをやったくせに、細かいことを気にするんだねぇ。その辺はやっぱり見た目通りってことなのかね？」

「はぁ……」

「ま、いいさ。そういうことならこの辺でいいよ。ほら、そんなもん適当にほっぽり出して、こっち来な」

遂に「そんなもの」呼ばわりされたので、俺はでかい葉っぱを近くにあった木箱の上に置き、改めてレベッカの側に寄る。すると船室のランタンに照らし出された赤銅色の瞳が俺を舐めるように見回していき、最後にニヤリと怪しげな笑みを浮かべる。

「あの……？」

「うーん、不思議だねぇ。こうして見る限りじゃ、アンタの体つきでそんなに強いわけないんだが……アタシの見る目も曇ったのかねぇ。歳は取りたくないもんだ」

「え？　いや、船長さんって確か三〇歳をちょっと超えたところでしたよね？　そんな歳

には――」

「何でアンタがアタシの歳を知ってるんだい？」

ギロリとレベッカが俺を睨んでくる。しまった、これはやらかしたか!? フォロー、何とかフォローせねば……

「そこはまあ、ほら。俺も自分達が身を置く船のことは、ある程度調べましたから。流石に本気で見境なしに飛び込んだりはしませんよ」

「ふむ、まあそうだねぇ。ならそろそろ、アンタ達の事情とやらを話してくれないかい？せっかくこうして場を作ったんだ。ここにきてまだダンマリはないだろう？」

「……ですから、それは――」

「同じ事を繰り返す気はないよ？」

からかうようだったレベッカの視線に力が籠もる。ここでも誤魔化すと本当に船を下ろされそうだが……ふふふ、これも想定内だ。

「では、ここだけの話ということで……船長さんの目には、ティア……ルナリーティアはどう映りました？」

「あん？　あの娘かい？　そうだねぇ……大分整った顔立ちのお嬢様ってところか？　素直な割には妙に肝が据わってて、おまけに腕が立つ……なるほど、確かにあんまりまともな娘じゃなさそうだねぇ」

「ははは……」

もしこの場にティアがいたら、「私の何処がまともじゃないのよ！」と頬を膨らませそうだが、幸いにしていないのだから問題ない。

「俺の視点から言わせてもらえば、ティアは実にいい娘ですよ？　でもティアに目を付けたとあるお偉方にとっての『いい娘』というのとは、大分違ったようでして」

「あー、なるほど。そういうことかい」

俺の言葉にレベッカの目が細められ、したり顔で頷く。これは雑用の間に俺が考えておいたカバーストーリーであり、当然ながら全てがでっち上げだ。が、海の上で陸の事情など調べようがないし、そもそも何処にでもありがちな……それでいて海賊船に乗り込んでまで逃げるという行動に矛盾が出にくい範囲では、なかなかにいい具合だと自負している。

「つまりアンタは、惚れたお嬢様をどこぞの馬鹿貴族から守ったたってことかい？　いや、それとも略奪婚でも狙ってるのか？　それなら随分と面白そうだけど……」

「そこまでは。ただまあ、俺達の方にも勝算はあるんです。半年から一年くらいあれば、仲間が色々と上手い具合に片付けてくれる手はずになってまして……勿論、その間にティアが捕まらなければ、という条件付きですけど」

「なるほどねぇ。確かに海の上なら、陸上よりよっぽど捕まえづらいだろう。でも、それは大前提が間違ってないかい？　金貨の小袋なんて目じゃない金が動いてそうだし、アタシがアンタ達を売っちまったら、それこそ逃げ場がないよ？」

「船長はそんな馬鹿なことしないでしょう？　俺が殺せないのはその相手だけで、海賊は含まれませんから」

挑発するようなレベッカの言葉に、俺はまっすぐ目を見て答える。実際には追っ手なんて存在しないし、俺達がこの世界を追放されるために必要なレベッカこそ殺せないわけだが、そんな前提情報をレベッカが知っているはずもない。

しばし、俺達は無言で見つめ合う。互いに微笑み合っていながらその間には緊張した空気が張り詰め……先に息を吐いたのはレベッカの方だった。

「ふぅ、そうかい。さっき腕を見せたのは、それが狙いかい？」

「それもあります。あれだけ派手に見せつけておけば、馬鹿なことを考える奴もいないでしょう？

そうしてくれれば、俺達だって馬鹿な行動には出られません。広大な海の上を動く棺桶に揺られる趣味はありませんから」

「ハッ、そりゃそうだ！　仮にアンタが一流の船乗りだったとしても、二人で帆船を動かせるはずがないからねぇ。

いいだろう、ならひとまずはそれで納得しといてやるよ」

「賢明なご判断を、ありがとうございます」

肩の力を抜いたレベッカに、俺はもう一度慇懃な礼をする。実はティアの精霊魔法があれば陸地に辿り着くくらいならどうにかなるのだが、それは言わぬが花だろう。

「じゃ、もう帰っていいよ。後は普通に仕事しな」

「はい……あ、そうだ。ちょっと聞いてもいいですか?」

そう言えば聞いておきたいことがあったのを思い出し、俺は立ち去る寸前に足を止めた。するとレベッカはあからさまに面倒臭そうな声を出してくる。

「何だい、まだ何かあるってのかい?」

「そんな大したことじゃないですよ。船長って、勇者とか魔王の話って知ってます?」

「勇者と魔王? そりゃ霧の魔王と灯火の勇者の話かい?」

「あー、はいはい! そういうやつです! それってどういう話なんですかね?」

「どうって……ただのお伽噺だよ? この世界の海の果てには、霧を生み出す魔王がいる。そいつは今も霧を出し続けていて、放っておくといずれ世界は霧に呑まれちまうんだ。で、そんな魔王にずっと昔に立ち向かった勇者がいたんだ。そいつは『灯火の剣』ってのを持ってて、それを振るうと魔王の霧を晴らすことができたらしい。

　が、それでも世界中の霧を晴らすには力が足りなくて、結局勇者は魔王の元に辿り着くことができず、何処かの島で野垂れ死んだって、それだけの話さ」

「へー。それって本当の話なんですか？」

「さあねぇ？　霧の魔王の話は夜更かしする子供を寝かしつける時の常套句さ。寝ないと霧が迫ってきて、そのまま永遠に霧から出られなくなるぞって、アタシも子供の頃は脅されたもんさ。

　ただ、それが本当かって言われてもねぇ。確かに年々海を覆う霧の領域は増えてるみたいだから、完全に否定できないのがまた微妙なところなんだが……」

「ほほぅ？　じゃあ、勇者の方は？」

「それこそわからないさ。たまーに『これが灯火の剣だ』って言ってそれっぽいものを見つけてくる奴はいるけど、本物だって話は聞いたことがない。ま、広い海の話さ。何処かにはあるのかも知れないし、それを捜す馬鹿……じゃない、夢見がちな奴もたまにはいるけどね。こんな話でよかったのかい？」

「勿論です。ありがとうございました。じゃ、仕事に戻らせていただきます」

「ああ。まあ頑張りな」

最後にもう一度頭を下げてから、俺は船長室を出る。なるほど、霧の魔王に灯火の剣、か……

「ただここを出て行くだけなら必要ねーけど……ふむ」

幸せな結末を望むなら、結果がどうあれ足がかりくらいは残しておいた方がいいだろう。

俺は内心でそんなことを考えながら、甲板を磨くために船の階段を上っていった。

＊＊＊＊＊

『空より見る』：船長の考察

「ふむ……」

奇妙な新入りの消えた扉を見つめながら、レベッカは小さな唸り声を上げた。今し方集めた情報をどう処理すべきかを、その頭の中でこねくり返す。

「訳ありなのは間違いないだろうが、思ったよりも厄介そうだねぇ」

エドの話を鵜呑みにするなら、どこぞのお嬢様とその護衛騎士の逃避行、といったところだろう。それならば問題はない。船内で余計なもめ事を起こすのでもなければ、普通に置いておいてやるだけでいくらかの金になるだろう。

が、レベッカの直感が、それは違うと訴えている。その一番の鍵は、エドの言った「半年から一年くらいあれば、仲間が上手いことやってくれる」という台詞だ。

味方が片をつける……つまりあのお嬢さんには、明確な敵がいるということだ。そしてそれは個人ではなく、勢力である可能性が高い。二つの派閥に分かれて一人の人間を巡る争いをするなんて、御貴族様の御家騒動以外には思いつかなかった。

しかも、潜り込んだ先が海賊船だ。地上では守り切れないと判断したのなら、相手は大きな戦力を動かせることになる。そこまでの相手となると……

「ハーッ、嫌だねぇ。あのお嬢ちゃん、何処かの王族の隠し子とかじゃないのかい？　しかもあの長い耳……確かエルフだったかい？」

エルフ……それは東の大陸の奥に住むという、人に近い外見をしているものの、人よりずっと長生きの種族だ。中央大陸の南部であるこの近辺でその姿を見ることは滅多になく、実はレベッカも実物を見るのは初めてだった。

権力だけでなく、種族間の問題も抱えていそうな存在。ここまでくるとあまりにも厄介すぎて、迂闊に始末することすらできない。順法精神など持ち合わせていないレベッカでも、流石に戦争のきっかけを作ったと歴史に名を残したいわけではないのだ。

「あー、厄介だ厄介だ！　厄介だけど、迂闊にもあれを拾っちまったのはウチのモンだからねぇ。誰に文句を言えるでもなし、精々口封じされないように立ち回って、報酬をもらったらさっさとおさらばしたいところだよ」

そんな事を愚痴りながらも、レベッカは酒瓶の並んだ棚からとっておきの一本を取り出す。特大の厄介事を抱えたというのに、どういうわけかその胸が躍るのは、きっと海に浪漫を求めた亡き先代……父親の影響なのだろう。

所詮は海賊。己の父と同じように、死ぬときはきっとあっさりと死ぬ。ならばそれまで精々楽しめればよくて……今回のこれは、厄介だからこそ楽しめそうな予感がする。そんな想いを鼻で笑い飛ばしながら、レベッカはゆっくりと琥珀色の液体を呷り、喉が焼かれる感触を楽しむのだった。

＊＊＊＊＊

「よし、じゃあ今日の仕事はここまでだ」

「ふーっ、ようやくか」

俺より少しだけ背が低く、動きやすそうな緑色のシャツとズボン、頭には赤いバンダナを巻いた二五、六と思われる先輩(せんぱい)の言葉に、俺はようやく甲板を磨くブラシから手を離(はな)す。異世界転移直後の体は相変わらず微妙に軟弱(なんじゃく)で、既(すで)に腕がパンパンだ。

「初日にしちゃなかなか頑張ったじゃねーか。片付けたら食堂に行って飯だ。で、食ったらさっさと寝ろ」

「へいへい、ご親切にどーも……いや、本当にちゃんと教えてくれたな？　俺はてっきりもっと嫌がらせとかされるんじゃないかと思ったんだが」

ティアに変なちょっかいをかけられないよう派手に立ち回ったわけだが、その結果ある程度船員達(たち)の不興を買うのは覚悟していた。が、俺の指導にあたったルストというこの男は、意外にも普通に仕事を教えてくれた。その軽い驚(おどろ)きを顔に出した俺に、ルストは思い切り渋(しぶ)い顔をする。

「よせよせ、そりゃ仲間をやられたのは気分がよかねーが、正面から喧嘩(けんか)して負けたんならガフスの奴が悪い。

それに確かにこの稼業(かぎょう)は舐められたら終わりだけどよ、自分より強い奴がそれなりに接してくるのに、そこで見栄(みえ)張っていびるような馬鹿なら、とっくに海に沈められてるぜ」

「ははは、そりゃ確かに」

「それにテメーは船長に認められたからな。ならこれ以上は俺が言うことじゃねぇ。ただし仕事をさぼりやがったら遠慮なくぶん殴るから、そのつもりでいろよ？」

「了解。じゃ、そういうことで」

「おう、またな」

予想外に友好的にルストと別れ、俺は食堂へと向かった。もっとも食堂といっても簡易的な調理場の前に樽やら木箱やらが並べられているだけであり、その一角ではティアがげんなりした顔で芋を剥き続けていた。

「ティア、ここにいたのか」

「エド……ねえ、私はいつまでお芋を剥き続けないといけないの？」

「いや、俺に聞かれてもな……」

そう言いつつ、俺はティアの隣で黙々と芋を剥いている男に視線を向ける。するとルストと同じ格好をした……ただし身長は俺より頭一つ高い……そいつがジロリとティアの方を、正確にはティアの足下に置かれた桶に入った芋を見て、大きな体とは対照的に小さな声でぼそりと呟く。

「……そのくらいでいいだろう」

「やっと⁉　よかった……それでモーラさん、次は何をすればいいの？」

「いや、その男が戻ってきたなら、お前も今日は終わりでいい。二人で飯を食って、そのあとは空いているベッドで適当に寝ろ」

「適当って……あの、お部屋とかは……？」

「そんなものあるわけないだろう。個室があるのは船長だけだ。床じゃないだけ感謝するんだな」

「ああ、やっぱりそんな感じなのね……わかったわ、教えてくれてありがとう」

疲れた表情のティアが、そう言って軽く頭を下げる。するとモーラは意外そうにピクリと眉を動かすと、やはり小さな声でティアに話しかけてくる。

「驚いたな。文句を言わないのか？」

「え、何で？　この大きさの船にこれだけの人が乗ってるんだから、寝る場所なんてそんなものでしょ？」

「まあ、そうだが………どうやら見た目ほどお嬢様ってわけじゃないようだな。芋を剥く手つきもなかなかだった」

「あら、ありがとう。フフッ、これでも旅慣れてるのよ？」

「そうか……」

ぶっきらぼうにそう言うと、それきりモーラは黙って芋を剝く作業に戻ってしまった。

なので俺も軽く挨拶してからティアと一緒に飯を食うと、人の流れに合わせて移動した先にあったのは、そこそこ広い空間に四段ベッドが五列ギッチギチに詰め込まれた就寝室であった。

どうやら空いている場所に適当に寝る仕組みらしく、俺は一番端の最下段を、ティアはその隣の列の下から二番目を自分の寝床と決めたようなのだが……

「えーっと、ティアさん？　何で俺のベッドに入ってきてるんですかね？」

「あら、当然でしょ？　だって今日は一日中違う場所で仕事してて、全然お話ししてないじゃない！」

「いや、まあそうだけど……」

すぐ近くにあるティアの目が、俺に「色んなことの説明をしろ」と強烈に訴えかけてくる。が、この状況でそれは難しい。

「何つーか、ほら、あれだよ。声が……」

この船に乗っている女は、レベッカ船長を除けばティアだけだ。力試しの時にガフスとかいう男を派手に魔法で吹き飛ばしているので変な絡まれ方はしなかったようだが、注目を集めていることには変わりない。実際今も俺達がナニカを始めるのを期待してか、周囲の暗闇から突き刺さるような視線をギンギンに感じる。

「声？　ああ、そういうことなら……」

『これでどう？』

「っ⁉」

ニッコリ笑ったティアが俺の手を握ると、次の瞬間ティアの声が俺の頭の中に直接響いてきた。驚きに目を見開く俺に対し、ティアはしてやったりと小さく喉を鳴らす。

「おいティア、これって……」

『駄目よ。声を出さないで……頭の中で話しかける感じ？』

『あー、こうか？』

『そうそう、上手よエド』

まるで小さな子供にするように、ティアが俺の頭を撫でてくる。不本意ながらちょっとだけ気持ちいいことは否めないが、恥ずかしさの方が勝った俺はすぐにその手を払いのけ、代わりにこの謎現象のことを問う。

『で、こいつは一体どういうことなんだ？』

『ここに来る前に、あの水晶玉に触ったら使えるようになった力よ。〈二人だけの秘密〉って名前みたいね』

『へぇ？』

つまりそれは、二周目では俺の代わりにティアが追放スキルを覚えるってことだろうか？　確かにこれ以上俺が力を付けるより、ティアが色々できるようになった方が便利ではあるだろうが……

『これ、条件とか消耗とかはどうなってんだ？』

『条件は、ちゃんと肌と肌で触れ合ってることね。服の上からとかだと駄目みたい。消耗は特に感じないけど……あ、一番重要なことは、これエドにしか使えないみたいよ』

『あー、そういう感じか』

かなり緩い条件で、消耗もなしに無言で意思疎通できるのはかなり有用だと思ったが、効果を発揮するのが俺とティアの間でだけというのは、一気に活用範囲が減る。勿論それでも完全な内緒話ができるってのはかなり有用だけどな。特に今みたいな状況では。

そんな感じで俺がフンフンと頷いていると、何故かティアが不満げな顔をして俺の内側に語りかけてくる。

『……何か、あんまり驚かないのね？』

『ん？　ああ、そりゃだって、俺も同じ感じで一〇〇個ほど力をもらったからな』

『一〇〇⁉　え、それは流石に多くない？』

『そう言われても、異世界から追放される度に追加されたわけだからなぁ。それに数だけ聞きゃ確かに多いけど、ある程度以上有用なのは三割くらいしかねーぞ？』

『そうなの？　じゃあこの時エドがもらった能力は何だったの？』

「うっ……」

何気ないティアの問いに、俺は思わず声を出して呻いてしまう。できれば顔も逸らしたいが、一人ですら狭いベッドに二人潜り込んでいる状態では寝返りすら打てない。

『どうしたの？　本当に言いたくないことなら聞かないけど……』

『……わ、笑うなよ？』

『つまり、思わず笑っちゃうような能力ってこと!?　うわ、何かしら？　凄く楽しみ！』

『チッ……もらったのは、〈美食家気取りの草食獣〉だ』

『ぐらすいーたー？　格好いい響きだけど……どんな能力なの？』

『………道に生えてる雑草とかを、ほんのり美味しく食べられる能力だ』

『…………？』

俺の言葉に、ティアが困惑したような表情を浮かべる。だがそれが理解に変わると、手で口を押さえて小さく肩を震わせ始める。

「プッ、クックック……」

『おまっ、笑うなって言っただろ⁉』

『だ、だって！　草を……道に生えてる草を美味しく食べられる能力って……』

『仕方ねーだろ！　あの時は食い物に困ってたんだよ！』

一周目の時、俺とワッフルの関係は本当にただ着いて行ってるだけみたいな感じだった。当然飯の面倒なんて見てくれないが、あの世界に蔓延っていたのは通常の魔獣ではなく、クロヌリ……つまり狩小屋で狩証を登録しないと、どれだけ倒しても全く金にならない敵ばかりだったのだ。

おまけに人間である俺は基本的に冷遇されるため、小銭を稼ぐのも一苦労。然りとて変にワッフルに頼ったりしたら同行することすら拒絶されるかも知れないと、俺は割とやせ我慢を続けることが多かったのだ。

なのでこの追放スキルをもらった時は、実はちょっと嬉しかったりしたのだが……冷静になって考えれば、草って何だよって俺も思う。思うが、それを他人に笑われるのはまた別の問題なのだ。

「クフッ、フッ、ンフフフフ……っ」

『ごめん、ごめんねエド。私そんな、エドを馬鹿にするつもりなんてないのよ？　ただ草を、草を美味しくって……』

「チッ」

思考のなかだけでなく、現実にも思い切り舌打ちをする。こんな場所じゃなければ思い切りくすぐってやり返してやるところだが、何となく上のベッドから荒い鼻息が聞こえてくる気がするので、これ以上は騒ぎたくない。

『ふぅ……本当にごめんなさい。でも、いい能力だと思うわよ？　草っていうなら、野菜とかも美味しく食べられるんじゃない？』

『知らん。使ったことねーしな』

『なら今度やってみましょ。船の上だと新鮮な野菜は貴重品でしょうから、本当にちょうどいいかも知れないわよ』

『……ま、検討はしとくよ。じゃあもう、話はこれでいいな？』

『ちょっ、待って待って！　まだ聞きたいこと何も聞けてないわよ!?』

『そうなのか？　俺としては笑い疲れてそろそろ眠くなる頃じゃねーかと思ったんだが』

『もーっ、エドの意地悪！』

プクッと頬を膨らませたティアが、コツコツと額を打ち付けてくる。それでもニヤニヤしていると、ちょっと強めの一撃がゴツンと来た。くっ、割と痛い……

『わかった、俺の負けだ。ちゃんと説明するから、少し真面目に聞いてくれ』

『あ、うん』

表情を引き締めた俺に、ティアも真剣な眼差しで俺を見つめてくる。なので俺はこれまでの経緯……この船が海賊船であることや、船長のレベッカが勇者であるということ、俺とティアの偽りの設定などを一通り語っていく。するとそれを聞き終えたティアは、耳を小刻みに揺らしながら軽く首を傾げた。

『ふーん？　大体のことはわかったけど……でも、何で船長さんが勇者なの？　アレクシスやワッフルはわかるけど、あの人別に勇者っぽくないわよね？』

『それは俺に言われてもなぁ。実際俺もそう思って、一周目の時はこの船で下働きをしながら色んな町を回って、そこで勇者の情報を集めてたんだよ。でも魔王の存在はお伽噺だし、当然勇者なんてのもいなくて……

でも、多分八ヶ月くらいしたところで「こりゃ埒が明かない」ってことで腰を据えて陸地で情報収集をするために船を下りたんだけど、そしたら追放判定が入って「白い世界」に帰還できたんだ。そうなるとこの船にいた誰かが勇者ってことになるんだが……』

『誰かっていうなら、まあ船長さんよね？　普通』

『そういうことだ。海賊船の船長と船員なら、勇者とそのパーティメンバーって扱いでもまあそうかなって思えるしな。

あ、一応言っておくけど、今はもうレベッカが勇者で確定してるからな』

当時の俺にはわからなかったが、旅を続けるうちに「あ、こいつが勇者だな」というのは何となくわかるようになってきた。二周目の今なら間違えようもないし、どうしても不安だったらトイレの中ででも〈失せ物狂いの羅針盤〉を使えば確かめることもできる……そんな必要があるとは思えないが。

『そうなの、了解。じゃああとは……何か私が気にしておくことはある？』

『うーん、強いて言うなら俺達の設定のことか？　多分レベッカはティアの事をどこぞのお姫様だとでも思ってるだろうから、一応ボロが出ないようにしてみてくれ。ま、大抵のことは「正体を隠してるんだから嘘をついてるに決まってるだろ」で押し通せると思うけど』

『……ねえ、その設定って本当に必要だったの？』

『絶対とは言わねーけど、ある程度安全にここで過ごすためには、な。レベッカを除けば船に一人だけの女なんて、海賊共からすりゃ襲ってくれって言ってるようなもんだ。ティアが強いのはわかってるけど、それとは別にレベッカからもティアに余計なちょっかいを出すなって指示を出してもらえた方がより安全だろ？』

『それはまあ……そうね』

そう、俺一人ならこんな面倒な設定なんていらない。俺だけならその辺で雑魚寝したって何の問題もないし、売られた喧嘩を適度に買って舐められない程度の実力を示せば普通に過ごすことができる。

が、ティアは違う。海賊如きに後れを取るティアじゃないだろうが、相手が複数人だったり食事に薬を盛られたり、あるいはティアのお人好しの部分を突いて糞みたいな手を使ってくる奴だっているかも知れない。何せ海賊だしな。

ならばどうする？　馬鹿でもわかる厄介者になればいい。勿論ただの厄介者じゃなく、役に立ち金を生む厄介者だ。今はまだ入ったばかりの下っ端だが、今後俺達が活躍できる場面があることを、当然俺は知っている。そこまで計算に入れれば、この立ち回りが一番ティアが安全でいられる方法……のはずだ。

『ねえ、エド。ひょっとして私、今回は足を引っ張ってる？』

『は？　何だよ突然？』

『だって、今エドが凄く怖い顔をしてたから』

『…………』

どうやら少しだけ嫌な未来を創造したことを、ティアに気づかれてしまったらしい。真剣な……それでいて少しだけ不安げな表情をするティアを、俺はそっと抱き寄せた。細い体は力を込めたら容易く折れてしまいそうだが、代わりにとても温かい。

『いいかティア、俺がティアがいてよかったと思うことがあっても、ティアがいなければよかったと思うことは絶対にない。だから足手まといなんてこともない。
くだらねーこと考えてる暇があるなら、もう寝ろ』

『むーっ……なら、今夜は一緒に寝てもいい？』

『は⁉　何言ってんだ？　こんな狭いところに二人で寝るとか……いいから自分のベッドに戻れって』

『やー！　もう向こうに行くの面倒臭いし、ここならちょうどよく温まってるじゃない！
ほらエド、もうちょっとそっちに詰めて！』

『マジで寝るのか⁉　ったく、仕方ねーなぁ』

すっかり寝る体勢を取ってしまったティアを蹴り出すわけにもいかず、俺はやむなく少しだけ端に寄って目を閉じる。上のベッドから聞こえる荒い鼻息が猛烈に不快だったが、それでも甲板磨きで疲労した体は眠りを欲し……やがて俺の意識は、静かに海に揺られながら沈んでいくのだった。

第五章　海賊のお仕事

「はぁぁぁぁぁぁぁぁ………」

俺達が晴れて海賊船の下っ端船員になってから、おおよそひと月ほど。本日は二人揃（そろ）っての野菜の皮剥きを命じられた俺達だったが、そんな俺の隣でティアがながーいため息をついた。

「どうしたティア？　手が止まってるぞ？」

「……ねえ、エド。私達どうして海賊船で野菜を剥いてるのかしら？」

「は？　そりゃずっと前に説明しただろ？」

「わかってるわ！　わかってるけど、なんでこんなことしてるんだろうって、時々ふと思うのよ。ひょっとしたらこのままずーっと、野菜を剥き続けることになるんじゃないかって……」

「ずっとってことはねーだろ。甲板磨きとか繕（つくろ）い物（もの）とか、雑用はそれなりの種類が――」

「そうじゃなくて！　もーっ、エドの馬鹿！」

「ははは、悪い悪い。でも実際、船に乗ってる時間のほとんどはこんなもんだぜ？　一応月に一度くらいは物資補給のために寄港するから、その時は自由時間ができるけど」

「うぅ……私海賊って、もっと派手に暴れ回ってるものだとばっかり思ってたわ」

「ま、勇者が駆けつけるような場面は、まさにそういうところだからな。でも広い海でそんな頻繁に海賊に出くわすようだったら、誰も海路なんて使わねーだろ」

「まあ、そうだけど……」

そもそも陸地を走る馬車と、海を行く商船では数も積み荷もまるで違う。馬車なら気軽に街道を行き来するから、それを襲う野盗だって頻繁に仕事をするだろうが、海賊が商船を襲うのは月に一度でもかなり多い方だ。

まあこれは当たり前の話で、一度襲って積み荷を根こそぎ奪えれば一気に莫大な額が稼げるというのもあるし、それ以上頻繁に襲うと普通に国の海軍が動くというのもある。どれだけ大きな海賊団でも、国に正面からたてつく馬鹿はいない。

それに、海賊の仕事というのは、実は船を襲撃するだけではない。名無しのどなたかの依頼を受けて密輸品を運んだり、時には船の護衛を引き受けたりもする。なのでこの船のような大手の海賊は、金次第でどんな仕事も請け負う海の傭兵団という側面も併せ持つのだ。

「まあでも、船での生活もそう捨てたもんじゃねーよ。もうちょっと馴染めば休憩時間に甲板で釣りをするくらいは許してもらえるだろうし、他にも――」

「船が見えたぞー！」

と、そんな話をしている俺達の耳に、伝声管を通じて大声が響いてくる。それと同時に周囲からドタドタと人の走る足音が聞こえてきて、それに合わせるようにティアの耳もピクピクと揺れる。

「ねえエド、船って⁉」

「あれ？　こんなに早かったんだっけか？」

「エド！　早いって何⁉　これが何か知ってるんでしょ⁉」

「勿論。喜べティア、退屈が紛れるぞ」

「ええ……？」

俺は手にしていた野菜を近くの籠に放り投げると、立ち上がってティアの手を引き移動を始める。人の流れに沿って進めば、甲板の上にほとんどの船員が集まっているようだ。

『ねえエド、船って商船よね？　やらなくちゃいけないのはわかってるけど、流石に普通の商人さんを襲うのはかなり……かなり気が引けるんだけど』

周囲にいる船員達を気にして、ティアが〈二人だけの秘密〉で話しかけてくる。俺の顔を見上げる表情は何とも不安げで、だからこそ俺はキュッと力を込めて手を握り返す。

『大丈夫だ、ティアに手を汚させる気はねーし、特に今回は……っと、始まるぞ』

　俺が顔を向けると、甲板より何段か高い位置にある操舵輪の前にレベッカが立つ。そのまま燃えるような瞳で部下達を見回すと、バッと手を振り上げて赤い唇を開いた。

「報告しな！」

「へい、姐さん！　進行方向に船を確認！　東南東に距離五〇〇、数は二隻……どうやら片方が襲われてるみたいですね」

「チッ、船長と呼びなって言ってるだろうが！　旗は？」

「襲われてる方はマキス商会ですね。で、襲ってるのは……バロック海賊団です」

「劇団⁉　はっはっ、そいつはいいね！　目標に向かって全速前進！　アンタ達、稼ぎに行くよ！」

「アイマム！　帆を張れ！　全速前進だぁ！」

　レベッカの命令に、その場に集まった船員達がせわしなく動き始める。もっとも新入りの俺達は任せられる仕事もなければ指示を出す暇もないのか、その場に放置されたままだ。

「ほらティア、邪魔にならないように端に寄るぞ」

「う、うん……私達は何もしなくていいの？」

「しなくていいっていうか、何もできねーだろ。仮にできることがあったとしても、新入りに操船なんて任せるわけがねーし」

「なら、ここで待ってるだけ？」

「そうだな。待ってりゃ騒動の方から寄ってきてくれるさ」

「むぅ、わかったわ」

微妙に不満そうなティアを宥めつつ、俺達は甲板の端で立ち尽くす。一周目の時の俺なら黙って調理場に戻って野菜の皮剥きを再開するところだが、この先の流れを知っている身なれば、是非ともここに留まりたい。

幸いにして、俺達が何もしていないことを咎める奴はいなかった。とにかく邪魔になりさえしなければいいということなんだろう。そのままボーッと突っ立っている間にも船はグングン進んでいき、あっという間に二隻の側まで辿り着いた。

釣り針に髑髏が突き刺さったような紋章の入った黒い旗を掲げる船が接舷しようとしきりに鉤縄を投げつけているのに対し、金貨を咥えた竜の紋章の入った旗を掲げる船が必死に抵抗しているという感じだ。

「どうやら間に合ったみたいだねぇ。マキス商会！　積み荷と命に幾ら出す⁉」

「まさかと思ったが、その旗、海賊喰いか⁉　いいだろう、四〇〇……いや、五〇〇出す！」

船縁に立ち大声で叫ぶレベッカに答えたのは、立派な服装に身を包んだ中年の男だ。苦渋と安堵の入り交じった複雑怪奇な表情と共に即決されたその値段に、レベッカはニヤリと笑う。

「いいねぇ、気前のいい奴は長生きするよ！　敵はバロックだ！　船を回せ！　総員戦闘準備！」

「「「オーッ！」」」

威勢のいいかけ声があがるのと同時に、大きな帆船がぬるりと動いて二隻の船の間に強引に割り込む。そうなると流石にこっちを無視して商船を追うこともできず、敵船の甲板に溢れる、統一された赤と白の縞模様の服を着た敵の船員の間から、一人の男が姿を現した。

「テメェ、レベッカ！　また俺様の邪魔をしやがるのか⁉」

敵船から怒鳴り声をあげるのは、高級そうな金糸の入った黒いコートに身を包む、左腕が鉤爪になっている三〇半ばから四〇歳くらいの男。高い鼻の下には錨のような形の髭が生えており、海賊という要素をこれでもかと詰め込んだ、いっそ役者のような出で立ちだ。

「うわ、見てエド！　海賊！　あれこそまさに、すっごく海賊だわ！　船員の人もみんなおそろいの服を着てるし……あれ、わざわざ揃えてるのかしら？」

「だろうなぁ」

服というのは、基本的に一点物だ。同じ柄の服なんてわざわざ作らなければあるはずもなく、それを人数分……しかも体格の違う船員達全てに合うように揃えるとなれば、割と冗談じゃない金と手間がかかっているはずだ。

「それに、船長の人の手を見て！　鉤爪よ⁉　鉤爪になってる！　何をするにも絶対邪魔になるはずなのに、どうして鉤爪なの⁉」

「それは俺に聞かれてもわかんねーけど、あいつなりのこだわりとか、浪漫があるんじゃねーかな？」

「浪漫……深いわね」

「深い……うん、深いのかもなぁ」

興奮しながら深く頷くティアに、俺は思わず苦笑する。ああ、一周目の俺も、何かこんな感じだったなぁ……

と、俺がそんな感慨に浸っている間にも、敵の船長とレベッカの会話は続いている。

「相変わらず声も見た目もやかましい男だねぇ。ようピエール、またアタシに儲け話を持ってきてくれるなんて、随分殊勝な心がけじゃないかい？　ウチの傘下に入りたいって言うなら、いつでも大歓迎だよ？」

「抜かせ！　今日こそテメェをとっ捕まえて、そのデカいケツに俺様のを突っ込んでヒーヒー言わせてやるぜ！」

「ハッ！　そういうのはせめてアンタのダガーを鞘から抜いてから言うんだね。三擦り半で昇天じゃ、生娘だって呆れちまうよ？」

「うるせぇ、このアバズレが！　もういい、野郎共、戦闘開始だ！　奴らを全員ぶちのめして、丸ごと全部かっさらうぞ！」

「そりゃこっちの台詞だよ！　さあ、剣を抜きな！」

互いに相手の船に鉤縄を投げ入れ、力一杯引き絞る。すると二船の距離はみるみる縮まり、ドーンという大きな音と振動の後、二隻の船はひょいと飛び移れる程度の距離まで接近した。

「ぶち殺せぇ！」

「やっちまいな！」

「「「オオオオオオオオーッ!!!」」」

怒号が場を満たし、地続きとなった二隻の船で双方の船員達がぶつかり合う。ここまで事態が推移すれば、当然俺達だってもう黙ってみているだけじゃない。

「じゃ、俺達も行くか……っと、その前に。ティア、できるだけ殺すな。気絶させるか海に叩き落とすんだ」

「へ？　いいけど、何で？」

戦う気満々だったティアが、虚を衝かれたような表情を見せる。海賊の扱いは当然野盗と同じで、故意に見逃すのは続く被害を容認する行為として固く禁じられている訳だが……。

「こいつらには、この後も出番があるんだよ。一人二人ならともかく、俺やティアが本気出したら全滅しちまうからな。そうするとちょいと都合が悪いんだ」

「そうなの？　まあ、エドがそう言うなら……わかったわ」

コクリと頷くと、ティアがその場で魔法の詠唱を始める。普通なら詠唱を始めた魔法師なんて真っ先に狙われるものだが、相手からすればティアは新顔だし、何より甲板の一番端なのでここまで敵が攻め寄せてくることはまずない。ならばと俺もティアを守るのではなく、乱戦の中へと剣を抜いて踏み出していく。

俺の記憶が確かなら、味方の人数は四〇人ほどなのに対し、敵の数は六〇人くらいのはず。だが平均的な腕っ節ではこちらの方がやや勝るため、戦況はおおよそ五分。このままなら双方共にそれなりの被害を出したところで痛み分けになるのだが……残念、ここには俺達がいる。

「フンッ！」

「ぐはっ⁉」

腰の剣を鞘ごと外し、近くにいた縞シャツ野郎の頭を思い切り殴りつける。乱戦で一番大変なのは敵と味方の区別なのだが、今回に限っては実にわかりやすい違いがあるので、躊躇うことなく殴れるのは実に楽だ。

「ほい次！」

「ぐげっ⁉」

「何だテメェ、死ねや！」

「おっと」

無論、乱戦なので俺の方にも四方八方から攻撃が飛んでくる。が、たとえ背後からの不意打ちだろうと、海賊船の下っ端程度の攻撃なんざ当たるはずもない。ひょいと身をよじってかわし、その流れのまま剣を振るって、斬りつけてきた縞シャツの脇腹に剣を思い切り叩きつけてやる。鞘に入っているので斬れはしないが、鉄の棒でぶっ叩かれればあばらなんて簡単にへし折れるわけで。

「うげぇぇぇ」

「きったねぇな！　離れろオラ！」

血反吐を吐きかけてくる縞シャツの腹を追い打ちで蹴りつけ、跳ね飛ばす。よろけた縞シャツが他の縞シャツと、あと普通の格好をした男……つまり仲間を巻き込んで盛大にぶっ倒れたが……あー、すまん。不可抗力なので勘弁してくれ。

「こいつ強いぞ⁉」

「囲め！　んでぶっ叩け！」

「お、来るか？　いいぜ、纏めて相手してやるよ！」

余裕の表情のまま左手で剣を肩に乗せ、右手をクイッと動かす。すると縞シャツ三人が真っ赤な顔をして突っ込んできたので、左手の斬り下ろしで一人目の肩を砕き、剣から手を離して踏み込みからのパンチで二人目の腹を抉る。そのまま右手を斜め上に伸ばせば、ちょうど離した剣の柄が落ちてきたところだ。それを掴んで薙ぎ払えば、三人纏めて横方向に吹き飛んだ。

「グハァァァ⁉」

「おらおらどうした⁉　そんなもんか？」

「野郎！　もっと人数を――」

「――ルナリーティアの名の下に、顕現せよ『ガストプレッシャー』！」

と、そこでティアの魔法が完成し、俺の側に集まりつつあった縞シャツ達の頭上から風の槌が振り下ろされた。予期していない頭上からの攻撃に敵が体勢を崩したのを見て、俺は思わず笑みを浮かべながら敵の隙間を駆け抜ける！

「おうおう、随分威勢のいいガキじゃねぇか。初めて見る顔だが、新入りか？」

そうして辿り着いたのは、敵船のど真ん中。鉤爪をちらつかせながら不敵に笑うピエール船長に、俺もまた笑い返す。

「ああ。まだ入ってひと月ってところかな？」

「なるほど、そいつぁ不幸なこった。せっかく夢見て海に漕ぎ出したってのに、夢見る間もなくこの俺に殺されちまうんだからなぁ！」

腰の曲剣を引き抜いたピエールが、俺に向かって突きを繰り出してくる。俺はそれを今度こそ鞘から抜いた鉄剣で防いだが、その瞬間ピエールが手首を回し、防いだはずの刃がヌルリと俺の懐に伸びてくる。

「うおっ、危ねぇ⁉」

「ほう、かわすのか！　だがまだまだ！」

身をよじってそれをかわした俺に、ピエールが楽しげに口ひげを揺らしながら連続で突きをくり出してきた。曲剣に突きは向かないと思ってたんだが、こういう使い方もあるのか……ふふふ、ちょっとだけ勉強になったぜ。

「なら、今度はこっちの番だ！」

「むぅっ⁉」

五度の突きを全てかわしきった俺は、六度目を許さず攻めに転じる。両手持ちにして斬りつける俺の剣をピエールの曲剣がシャオンシャオンと独特な金属音を立てながら滑らせ、逸らし、受け流そうとしてくるが、一撃ごとに曲剣との戦い方を学んでいく俺の前では、そうそう長くは続けられない。

「どうした船長！　もう俺が押してるぜ⁉」

「く、くそっ⁉　ガキのくせにまあまあやるじゃねぇか！　なら俺も両手を使わせてもらう！」

「っ⁉」

曲剣の動きが変わり、俺の一撃がピエールの肩に命中する。だが絶妙に逸らされたそれは致命傷どころか服を切り裂くことすらできず、代わりにピエールの鉤爪が俺の腹を目がけて伸びてきた。

「チッ、やりづれぇな！」

「おらおらおら！　突けば鋼鉄の拳、薙げば金棒、そして引けば肉を引き裂く鉄の爪！　こいつを見て侮る馬鹿ほど、こいつであっさり死ぬんだぜぇ？」

今まで出会ったことのない戦い方に、再び俺は防戦に回らされる。一〇〇もの異世界を巡った俺であっても、片手を鉤爪にしてる奴なんてピエール以外に見たことがない。

「ほぉら、ほぉら！　油断してると抉っちまうぞぉ！」

「食らう……かよっ！」

敵の武器は曲剣と鉤爪の二つ、だがこっちの武器は剣一本。どうやっても手数が足りず、半分はかわすしかない。

が、回避するために身をよじれば体勢が崩れ、そこに厳しい攻撃がやってくる。それを受け止め、回避するためにはまた体勢が崩れ、更に厳しい攻撃が……という悪循環が、少しずつ、だが確実に俺を追い詰めてきている。

「ハッハッハ！　どうやらここまでみてぇだな！」

「…………ああ、そうだな」

気づけば船縁まで追い込まれた俺を見て、ピエールが凶悪な笑みを浮かべる。だが剣を突きつけられてなお、俺の方に焦りはない。

「これで、終わりだぁ！」

「テメーがな！」

振り下ろされる曲剣を、腰だめから横に薙ぎ払う俺の剣が迎え撃つ。それは空中で激突すると、ギインという高い音を立てて両方の剣が半ばからへし折れた。うむ、海賊船のなかで〈彷徨い人の宝物庫〉を使うつもりはなかったから、初期装備である安物の鉄剣で粘ってたんだが、どうやら最後の一撃で帳尻を合わせられたようだ。

「ナニィ⁉　だが、これでテメェは武器なしだ！」

「ああ、俺はな」

正直なところ、勝とうと思えばいつでも勝てた。代わりの武器は幾らでもその辺に転がっているのだから、それを拾って戦えば、ピエールの武器破壊にこんなに苦労することはなかっただろう。

だが、それでは駄目だ。この勝負を決めるのは、俺だけではいけない。もう一人の主役の準備は、もう十分に整っている！

「ティア！」

俺がその名を呼ぶと同時に、船の上を強い風が吹き抜けた。それと同時に弧を描いて飛んできた剣が、俺の手の中にスッポリ――

「ぐへっ⁉」

「……あれ？」

俺が受け取るはずの剣が、ピエールの脳天に直撃した。するとピエールはそのままバタンと甲板に倒れ込み……えーっと……

「せ、船長がやられた⁉　総員退却！　退却だー！」

「船長を守れー！」

「うおっと⁉」

それを見た縞シャツ軍団が、一斉にこっちに向かってきた。このままでは俺だけこっちの船に取り残されてしまうので、慌ててそいつらを蹴散らしながら元の船……スカーレット号へと一目散に駆け戻る。すると俺が船に乗り移ったのを皮切りに、互いの船を結びつけていた鉤縄が次々と剣で切られていき、二つの船の隙間が開いていく。

「やったな新入り！　あのピエール船長を打ち負かすとは、大したもんだ！」

「大活躍じゃねーか！　流石はガフスの野郎をぶっ飛ばしただけあるぜ！」

「いやー、どうもどうも。あ、ティア！」

背中をバシバシ叩きながら出迎えてくれる先輩達に適当に笑顔で応えていると、奥の方にティアの姿を見かけたのでそちらに向かっていく。するとそこでもティアが船員達に囲まれていたが、俺の存在に気づくと道を開けてくれた。

「エド！　ごめんなさい、最後ちょっとずれちゃったかも……」

「ははは、いいってことさ。むしろ最高の一撃だったぜ？　見ろよあれ」

微妙に肩を落とすティアの肩を抱き、俺は敵船の方を指さす。するとそこでは頭を押さえたピエールとレベッカが、最後の言い争いをしていた。

「アッハッハッハッハ！　ざまぁないねピエール！」

「く、くそ！　あんなの無効だ！　何で剣が俺の頭に飛んできやがるんだよ！　テメェいつの間に魔法師なんて雇いやがった！　それにあのガキも！」

「アンタと違って、アタシは人望があるんだよ。それよりどうする？　新入りにそこまでやられるようじゃ、そろそろ引退も考えるべきじゃないのかい？」

「ふっざけんな！　この海のお宝は全部俺様のもんだ！　あ、おい、テメェ、新入り！」

「ん？　俺か？」

と、そこで遠くから見ていた俺に気づいたピエールが、鉤爪をこっちに向けて叫んでくる。

「覚えてろよ！　次に会ったら絶対に俺様がぶっ殺してやるからな！」

「そりゃ楽しみだ。ならあんたも少しは頭の中に脳みそを詰めといた方がいいぜ？　そうすりゃ一撃でそこまでフラフラにはならねーだろうさ」

「くぉぉぉぉぉぉぉぉ⁉　テメェは必ず、この鉤爪で引っかけて魚の餌にしてやるからな！　野郎共、明日に向かって転進だぁ！」

「アイサー！　帆を張れ、全速転進！」

「おぼえてろよぉぉぉー!!!」

遠ざかっていく船から、ピエールが最後の負け惜しみを叫ぶ。その船影を見送ると、笑顔のレベッカが俺達の方に近づいてきた。

「本当に大活躍だったねぇ。まさかあのピエールをあそこまで追い込むとは」

「厄介者を置いてくれるっていうなら、それ相応の活躍はしたいと思いまして。こんなもんでどうでしょう？」

「ああ、十分さ！　そっちのお嬢ちゃん……ルナリーティアだったね、アンタも想像よりずっと強いじゃないかい」

「ありがとうございます、船長さん」

「フッフッフ、こりゃ思わぬ拾い物だ。こっちの被害は？」

「軽傷が二〇、重傷が三。誰も死んではいないみたいですね」

レベッカの問いに、近くにいた船員が答える。ほほう、死者はなしか。これは俺が想定したいたよりも更にいい結果だ。おそらくは俺がピエールと一騎打ちみたいな感じになったんで、全体的に戦闘の手が緩んだんだろう。

あの場にいたのは全員が海賊。軍隊じゃねーんだから、面白そうなことがあればそっちに興味を引かれるのは当然のことで……その結果を聞き、レベッカが最高に上機嫌な声をあげる。

「そいつぁいい！　バロックと戦争して誰も死んでないなんて、最高の戦果だ！　さあアンタ達、勝ち鬨をあげるよ！」

そう言うと、不意にレベッカが俺とティアの手を掴んで持ち上げる。

「新入り二人が、あのピエールを討ち取った！　アタシ達の完全勝利だ！」

「「ウォォォォォォォ!!!」」

船全体を揺らすような歓声が巻き起こり、辺りが熱気に包まれる。こうして俺達の初めての海上戦は、誰一人仲間を欠くことなく終わりを告げるのだった。

その後ひとしきり騒いだ後、俺達の乗った船は再び前に進み始めた。すると少ししたところでさっき襲われていた商船が停止しているのを発見し、レベッカの号令の下、海賊船が商船へと横付けされた。

「よう、マキスの！　船の調子はどうだい？」

「これはこれは、船長さん！　ええ、おかげさまで大した損傷はありませんでした。この分なら港までの航行に支障はなさそうです。おい、用意しておいたあれを持ってきてくれ！」

甲板から声をかけるレベッカに答えたのは、あの時金額の交渉をした中年の男だ。近くにいた船員に一声かけると、その船員が抱えてきた重そうな布袋をそのままレベッカに差し出してくる。

「では、こちらをどうぞ」

「……確かに。おいエド、ティア！　こいつはアンタ達の取り分だよ！」

口を開けて軽く袋の中身を確認したレベッカが、そこからピンと硬貨を二枚、指で弾いて渡してくる。俺とティアでそれぞれ一枚ずつ受け取って確認すると、手に落ちた硬貨の色はまさかの金色だ。

「うわ、金貨じゃない！　いいの、船長さん？」

「ああ、いいとも。今回一番の活躍をしたのはアンタ達だ。ならそのくらいの報酬は出さないと、アタシの立つ瀬がないだろう？」

「実は別で銀貨を持ってくるのが面倒だったからとかしません？」

「なんだいエド？　そっちがいいなら今からでも交換してやるよ？」

「おっと、そいつは遠慮しておきます」

「ったく、口の減らない新入りだねぇ……それにしても、五〇〇とは随分張り込んだじゃないか。そんなに大事なものを積んでるのかい？」

「ははは、その辺は流石に秘密ということで……」

内心はともかく、表面上は笑顔で会話を続けるレベッカと商船の男。そんな二人の姿を見て、ティアが小さく首を傾げる。

「……何か、ちょっと意外ね」

「ん？　何がだ？」

「だって、この船って海賊船なんでしょ？　なのに商船を襲うわけでもなく、助けてお金をもらうなんて……それに商船の方も普通にお金を払ってたし。こんなところに止まってないでさっさと逃げちゃったら、お金を払う必要なんてなかったんじゃない？」

「ま、そりゃそうだろうけどな。でもそれやったら、もう二度と助けてもらえないどころか、次は積極的に襲われるだろ？」

海賊だろうと野盗だろうと、面子を大事にするというのは変わらない。払うと約束した金を払わずに逃げられたとなれば、軍船が護衛にでもついてない限り、次は採算度外視で襲いかかることだろう。

「それに金を稼ぐ手段なら幾らでもあるけど、積み荷によっちゃ二度と手に入らない貴重品とか、一点物の芸術品なんてのもあるからな。その手のものを奪われたり壊されたりしたら商人側の信用問題になるから、リスクを考えりゃ金で解決するのが実は一番安全なんだよ」

「へー、そんなものなの？　アレクシス達と一緒に行動してた時は、『悪人とは一切交渉しない！』って言われてたけど」

「そりゃ立場が違うからなぁ。アレクシスじゃそう言うしかねーだろ」

王族のうえに勇者であるアレクシスの立場なら、後々傷になるような後ろ暗い交渉は片っ端から蹴るしかない。仮にそれが仲間や家族の命が懸かっているようなものであったとしても、アレクシスは一切躊躇せず蹴るだろう。

「てか、大国の王子と普通の商人の判断を一緒にしたら駄目だろ。それにこっち側の事情だってあるしな。迷わず金貨五〇〇枚を出す積み荷なんて、多分奪っても大損だ」

「へ？　何で？」

虚を衝かれたように変な声をあげるティアに、俺はここぞとばかりにしたり顔で説明を続ける。

「考えてもみろ、守るだけで金貨五〇〇枚だぞ？　ならそこに積まれてる積み荷は、相当な値打ち物だ」

「そうね。だからこそ奪ったら大儲けじゃないの？」

「違うんだな、これが。たとえば……そうだな。俺の手元に金貨五〇〇枚の値がつく絵があったとするだろ？　でもそれ、ティアは欲しいか？」

「ええ？　うーん、見てみたいとは思うけど、欲しくはないかしら？」

「だろ？　値打ち物ってのは、物自体よりもそれに金を出す相手こそが重要なんだ。でも海賊である俺達に、まともな買い手を捜すルートなんてあるはずもない。裏のオークションみたいなのに流すって手はあるだろうけど、そこで買い手がつくような積み荷なのかもわからない。

　なら売れるまで寝かせときゃいいって言っても、ここは船だからな。陸にでかい拠点のある盗賊団とかならともかく、明らかに限りのある船倉に、いつ売れるかわからない貴重品を積みっぱなしにするなんて絶対嫌だろ？　その分他の物が積めなくなるし、保存にだって気を遣う。

　となると最後はクソみたいな安値で買い叩かれて終わりだ」

「うっ、それは確かに嫌ね……」

「つまりはそういうことだよ。こっちは売れるかどうかわからない貴重品なんて奪うより直接金をもらった方がいいし、商人側も入手困難な貴重品を奪われるより金を払った方がいい。

　勿論金も積み荷も根こそぎ奪うって言うならまた別だろうけど……俺達はそれをやろうとしてた奴をぶっ飛ばした立場だからな。そこまで無法を極めると『海賊相手には一切交渉が通じない』ってなって、商船側も死に物狂いで抵抗したり、あるいは海賊に渡すくらいならって自爆用の魔導具を仕込んだりするようになるかも知れない。

そうなると結局割を食うのは海賊側だから、互いにほどほどで妥協するようになってるって感じだな」

「おぉー！」

解説を終えた俺に、ティアが感心したようにパチパチと拍手をしてくれる。しかしそんな視線を向けてくるのは、どうやらティアだけではないらしい。

「へぇ？　エド、アンタ随分と頭が回るみたいだねぇ？」

「ですな。どうです？　もしまともな道で生きることを望まれるなら、私のところで働いてみませんか？　貴方なら二〇……いえ、一五年もあれば自分の店が持てるかも知れませんよ？」

「いやいや、買いかぶりですよ！　このくらいまともな頭がありゃ誰だって思いつきますし、それに俺には今の生活が合ってるんで」

「ハッ！　まともな頭のある奴が海賊なんてやるかい！　っていうか、ウチの若いのを勝手に勧誘しないで欲しいねぇ？　それともアタシの方でも、アンタの船から勧誘していいのかい？」

「ははは、それはご勘弁を。では、そろそろ私達は行かせていただきます」

「そうかい。なら気をつけていきなよ。ま、海賊のアタシが言うことじゃないけどね」

「では、失礼致します。さあ、出航しますよ！」

一礼した男が声をあげると、大きな船がゆっくりと前に進み始める。それをしばらく見送ると、船員の一人がレベッカに声をかけてきた。

「で、船長。俺達の船はどうしますか？」

「そうだね。一応船の状態も見ておきたいし、アタシ達も適当な港に寄港するよ。ここからだと何処が近い？」

「あー、ここならチャロス港ですね。多分マキスの船もそこが目的地じゃないかと」

「なら追いかける形になっちまうかね？　マキスの奴らは気が気じゃないだろうが……ははは、そこまではアタシ達の知ったこっちゃない！　チャロス港へ進路変更！　そこで物資の補給と船の点検をするよ！」

「アイマム！　進路変更、チャロス港！」

レベッカの号令に舵輪を握る船員が復唱し、帆一杯に風を受けたスカーレット号が動き出す。その後は特に何事もなく、一週間ほどの航海で船はあっさりと港町へと辿り着いた。半舷上陸の許可が下り、俺とティアは新人ながらも一番手柄だったことを評価され、先に船を下りることを許された。

「はぁぁ、やっぱり陸地っていいわね……」

「何だよティア、随分と気が抜けてんな。船は苦手だったのか？」

「船旅には何の文句もないけど、延々と野菜を剥くのはこりごりだわ」

「ははは、そうか」

うんざりした表情でベーッと舌を出してみせるティアに、俺も苦笑して応える。俺の方は掃除だのゴミ捨てだのの雑用が目白押しだったが、ティアはずっと同じ仕事をさせられてたからなぁ……まあティアみたいな容姿の女が男ばっかりの海賊船を走り回ってたら騒ぎになるのがわかりきってるので、色んな意味で配慮してもらった結果なんだろうが。

「ま、とにかくこれから五日間は自由行動だ。やらなきゃいけないことは幾つかあるけど……ティアの方でやりたいことはあるか？」

「私？　そうね……エドが出してくれないなら、着替えは早急に欲しいわ」

「あー、それはそうだな」

海賊相手に〈彷徨い人の宝物庫〉なんて見せたら、どんな手段を使ってでも俺を船に留めようとするだろう。そんな面倒事は御免なので、俺はこの世界に来てからというもの、ただの一度も〈彷徨い人の宝物庫〉を使っていない。

なので、手持ちの着替えは当然ない。まあ冒険者……しかも勇者パーティなんてのに所属してれば危険な場所でひと月過ごすくらいは普通にあったので平気と言えば平気なんだが、余裕と時間があるならサッパリしたいのが人情というやつだ。

「なら服は見るとして……とりあえずは最初のお仕事を済ませておきますか」

「何するの？」

「そりゃ勿論、情報収集さ」

俺はそう言ってニヤリと笑うと、ティアを引き連れて喧噪溢れる港町の中へと足を踏み入れていった。

「うーん、多分この辺のはずなんだが……」

そうして俺達が歩いているのは、薄暗い裏通り。周囲からの刺すような視線を無視して歩き続ける俺達の前に、不意に人相の悪い男が立ちはだかる。

「よう兄ちゃん。随分といい女を連れてるじゃねぇか。俺にも――」

「ああ、ちょうどよかった。なあアンタ、この辺に三ツ爪の仲介屋があるはずなんだが、場所知らねーか？」

「あん？　それなら……って、何で俺がテメェにそんなことを教えると思ったんだよ⁉　どうしてもって言うなら、その女を……うひゃっ⁉」

俺が腰から抜いた剣が、男の鼻先をぱっくりと切り開く。真っ赤な花を咲かせた男が情けない声をあげたが、俺達にとってはどうでもいいことだ。

「は、鼻が⁉　俺の鼻がぁ⁉」

「んなもんかすり傷だろ。で？　店の場所は知ってるのか？」

「そこの路地を曲がったところだ！　くそっ、テメェこの俺にこんな真似して、タダですむと思ってんじゃねーぞ！」

「お、ありがとよ。文句があるならいつでも言いに来な。船がこの港に停泊してる間なら、いつでも相手になってやるよ」

「船？　今停まってるのは……まさか⁉　へ、へへへ。なあおい、アンタ。俺は別に、レベッカと事を構えようとか、そんなつもりはねぇんだよ。だからさ……」

「あー、もういいから行けって！　ほら、治療代だ」

俺が銀貨を一枚投げ渡すと、男は薄ら笑いを浮かべながら足早にその場を立ち去っていった。すると今までこちらを窺っていた視線が一気に減っていき、その賢い判断に思わず苦笑いしながらも言われた場所へと足を運んだ。

「あ！　ねえエド、これじゃない？」

「おう、そうだな」

そこには確かに、木製の扉に爪でひっかいたような三本の傷が刻まれた家があった。記憶の底から引っ張り出したちょっと特別なノックをすると、見た目よりずっと分厚く重そうな……おそらく中に鉄板が仕込まれてる……扉が開かれ、俺達はそのまま招き入れられる。

「チッ、余計な騒ぎを起こしやがって……これだからガキは嫌いだ」

「お？　何だよ、さっきの騒ぎがもう伝わってるのか？」

「当たり前だろ。で、何の用だ？　言っとくが、いくらレベッカの船に乗ってるとはいえ、テメェみたいなガキに回せる仕事なんて、大したモンはねぇぞ？」

薄暗く雑然とした店。分厚いカウンターの向こうに座るひげ面のオッサンが、そう言って俺を睨み付ける。一周目の俺ならそれだけですくみ上がってしまうだろうが、今の俺ならどうということもない。

そしてそれは、ティアも同じだ。一切物怖じすることなくキョロキョロと店の中を見回しているが……まあそれはそれとして、まずは俺の用事を済ませるとしよう。

「別にいいさ。あと俺達が受けるだけじゃなく、こっちからも依頼を出したいんだが」

「依頼？　テメェには俺が、愛想よくガキの使いをするような男に見えるのか？」

「まさか。でもここでものを言うのは、こいつだろ？」

俺はニヤリと笑って、腰の鞄から金貨を取り出す。すると店主と思われる男は怪訝そうな目で俺と金貨を見比べてきたが、すぐに小さく息を吐いて、輝くそれを自分の懐にしまい込んだ。

「確かにそうだ。金さえ出しゃガキの使いだってやってやる。で、何をさせたい？」

「簡単さ。冒険者ギルドに依頼を出して欲しい。内容はレッドドレッドワイバーンの牙五本の納品で、報酬は金貨三〇枚。こいつをできるだけ広範囲に……内地の方まで貼り出してくれ」

「何だそりゃ、本当にガキの使いじゃねーか。てか、レッド……何だ？　そんな魔獣聞いたこともねーぞ？」

「それを知る必要がアンタにはあるのか？」

俺はもう一枚、店主の前に金貨を置く。すると店主は今度は迷うことなく金貨を懐にしまい込み、更に話を続けてくる。

「確かにねぇな。が、それだと手数料だけで大分持っていかれる。保証金もあるだろうし……あと一〇枚だ」

「そりゃぼりすぎじゃねーか？　五枚だ」

「九枚」

「六……いや、七枚」

「八枚だ。それで手を打ってやろう」

「チッ、仕方ねーな」

俺は追加の金貨を八枚、カウンターに並べる。すると店主は満足げな笑みを浮かべてその全てをしまい込んだ。

「こっちの伝手で、今日中には片付けておく。まあ単に依頼を出すだけなら失敗しようがねぇしな。で？　仕事もすんのか？」

「ああ。たった今欲の皮が突っ張ったオッサンにぼったくられたからな。その分を稼げるいい仕事が欲しい。

つっても俺達に信用がないのは自覚してるからな。失敗しても損が出ないような、軽い仕事でもいいぜ？　あと、俺達の休みは五日だから、最長でも三日で片付く内容で頼む」

「ふん？　それなら……そうだな。こいつはどうだ？」

そう言って店主が取り出したのは日に焼けてしわくちゃになった依頼書。正規の冒険者ギルドで発行されているもののようだが、随分と古そうだ。

「なーに、それ？　討伐依頼……一角獣？」

店の中を見回すのも飽きたのか、ひょいとティアが俺の肩越しに依頼書を覗き込んできた。だがその言葉に店主は思いきり馬鹿にしたような声を出す。

「馬鹿かお前？　こんなところに一角獣なんているわけねーだろ！　こいつはラブルドンキーって魔獣で、見たとおり角の生えたロバだ。脚はユニコーンより大分遅いが、その分力が強い。冒険者ギルドなら六級指定の魔獣だな」

「六級か……結構な強敵だな」

ご多分に漏れず、この世界にも冒険者ギルドというものが存在する。ただしこの階級だのなんだのは世界によって割とまちまちで、この世界における六級の冒険者というのは、熟練の冒険者が該当する。つまりこの魔獣は、見た目の間抜けさの割には大分強いということだ。

「こいつの角を持ってくれれば、一本あたり銀貨四〇枚で買ってやる。どうだ？」

「いい値段だな……生息地は？」

「町の正門を出て、東側にある森の奥だな。最近は大分数が減ったたって話だが、そもそも倒せる奴がそんなにいねぇからな。三日ありゃ何匹かは仕留められるだろ」

そう言って、店主がニヤリと意地の悪そうな笑みを浮かべる。それは「店の側で騒ぎを起こすくらいの腕前があれば、この程度は余裕だろ？」という挑発であり、調子に乗った若造が尻尾を巻いて逃げるのを期待しているんだろうが……

「わかった。受けよう」

「……いいのか？　言っとくが、前金は銅貨一枚だって出さねぇぞ？　あくまでも現物を持ってきたら買ってやるってだけだ」

「いいさ。これでも腕には自信があるからな」

「そうね。ロバ程度に負けたりしないわよ」

「ケッ、そうかい。なら精々頑張りな」

「おう。邪魔したな」

つまらなそうに吐き捨てる店主に背を向け、俺達は無事に店から出た。そうして大通りへと戻る道すがら、不意にティアが俺の手を掴んで、顔を見つめてくる。

『それでエド、今のはどういうことだったの？』

『っ……ああ、ティアの能力か。やっぱ便利だな』

『でしょー？　って、そうじゃなくて！　ちゃんと説明してくれるんでしょ？』

翡翠の瞳を大きく見開き、興味津々の顔で俺を見つめてくるティアに、俺は思わず苦笑しながら内心で答える。

『勿論。まず最初にやったのは、俺達が偉い人から逃げてるって設定を裏付けるための演技だな。あれなら俺達が秘密の暗号的なもので誰かとやりとりしてるって思われるだろ？　あの店で俺達がやったことは、間違いなくレベッカに伝わるだろうし』

女海賊レベッカの影響力は、絡んできたチンピラが名前だけで逃げ出したくらいには強くて広い。であれば俺達の動きが伝わらないはずがなく……逆に言えばある程度狙って伝えることができるということでもある。

『なるほど……でもそれなら、私達が普通に冒険者ギルドに行って依頼を出せばよかったんじゃない？　何でそうしなかったの？』

『そりゃティアがそう考えてるからだよ。冒険者ギルドなんて、人を捜すなら真っ先に当たる場所だろ？　んなとこにのこのこ顔を出して依頼書を書くなんて、見つけてくれって言ってるようなもんじゃねーか。俺達は逃亡者なんだぞ？』

『あ、そうか！　うーん、忘れてるわけじゃないんだけど、どうしても意識から抜けちゃうのよね』

『ま、ある程度は仕方ねーさ。ただそういうのを補填するためにも、今回の演技は必要だったんだ。まさか完全なブラフのために金貨を捨てるとは、レベッカだって思わねーだろうし』

あの仲介屋に渡しただけで、庶民なら二、三年は暮らしていける額だ。俺達が設定通りの存在であれば必要経費として許容できるが、そういうふりをしているだけの一般人が捨てるには大金過ぎる。ならばこそそれが伝われば、レベッカが俺達に抱いているであろう疑惑も少しは薄れてくれることだろう。

ちなみに、本当に警戒するならそもそも下船すらしないんじゃないかという考えもあるのだが、そこまで縛るとティアの息が詰まってしまうので、今回はなしだ。

もし指摘されたら「海賊船なら決まった行き先があるわけじゃないので、町に滞在している期間さえ捕まらなければ大丈夫だろう」という甘い見通しを持っている……ということにするつもりである。

強く警戒しながらも大事なところで抜けている感じが、いかにも高貴な人っぽい世間知らずさを演出してくれることに期待しておこう。

『じゃあ、あのロバ退治の依頼は？　そっちにはどんな意味があるの？』

『あー、そっちはもっと単純だ。使った分より稼がねーと、今後も似たようなことをする時に「何処にそんな金を持ってたんだ?」ってなるから、それを誤魔化すためだな。そうは言っても言う通りに品物を渡すのはマズそうだが……そっちは現物を見てから、だな。

ということで、他にも何かあるかねティア君?』

『いいえ、とりあえずそれでいいわ、エド先生』

ニッコリと笑ったティアが、俺から手を離す。どうやらご満足いただけたところで、ちょうど俺達は表通りへと辿り着いた。明るい喧噪は粗雑ながらも親しみがあり、じっとりと見つめてくる目もひとまずはなくなっている。

「じゃ、後はティアの希望通り服とか買ったら、適当に宿でもとるか」

「わーい！　お買い物！」

無邪気に喜ぶティアを引き連れ、その後は普通に買い物を楽しみ、やや上等な宿をとって普通に過ごした。幸いにして夜中にちょっかいをかけてくるような存在もなく……そして次の日。俺達は普通に町を出て、件の魔獣が生息しているという場所までやってきていた。

「そっち行ったぞティア！」

「任せて！」

出くわした魔獣は、ロバという印象からはかけ離れた素早さと力を持つ、なかなかの強敵だ。が、俺が追い立てた先に待ち構えていたティアが魔獣の手前で「銀霊の剣」を振るうと、魔獣の足下からギュリギュリと太い蔓草が伸びてきて、あっという間に魔獣の全身を搦め捕ってしまう。

「ブギーッ!?　ブギーッ！」

「フフーン、どう？　幾ら貴方の力が強くても、私の精霊魔法はそう簡単には振りほどけないわよ？」

「ブギーッ！」

「さっすがティア！　じゃ、悪いな」

「ブギッ…………」

のんびりと追いついた俺が、暴れるラブルドンキーの首を飛ばす。ふむ、この前の海戦で拾った剣をそのまま使っているんだが、こいつはなかなかいい剣のようだ。

「あいつら海賊のくせに、こんないい剣使ってるのか……服も揃いだったし、あれ全部支給品なら下手な町の警備兵より待遇いいんじゃねーか？」

「そうなの？　でも海賊じゃ安定した生活は望めないでしょ……っと、これで三本目ね」

しげしげと剣を眺める俺と話しつつも、ティアが俺の斬り飛ばしたラブルドンキーの頭から角だけを更に斬り落とす。角は骨より硬いようだが、死体から切り取るだけなら大した苦労はない。

「にしても、これが一本銀貨四〇枚ねぇ……確かにあんまり数はいないみたいだけど、それでも魔獣の強さからすると相当高いわよね？」

「だな。多分冒険者ギルドでの正規の買い取り価格は、よくて銀貨一〇枚ってとこだろ」

俺には〈失せ物狂いの羅針盤(アカシックコンパス)〉と〈旅の足跡(オートマッピング)〉があるので、見つけるのは簡単だ。が、それなしで普通に森を歩き回った場合、確かに日に一頭見つかればいい方というくらいには数がいない。

しかしそれを加味してなお、これ一本で銀貨四〇枚は破格だ。何か有用な使い道があるというのなら話は別だが、ここに来る途中(とちゅう)で出会ったご同業……海賊ではなく冒険者の方だ……にちょろっと話を聞いたところ、これは討伐(とうばつ)部位……つまり角には何の価値もなく、支払(しはら)われるのは純粋(じゅんすい)にラブルドンキーを倒したという実績に対してのみだという。

「うわ、四倍⁉　何でそんな値段で買い取ってくれるのかしら？」

「あんま追及しねー方がいいんだろうが……多分この角には別の使い道があって、それを隠(かく)すために討伐部位になってるんだと思う」

「別の？　角から作るものっていうと、薬とか？」

「多分な」

一周目の時、俺はあんな怪しげな場所には行っていない……というか、存在すら知らなかった。それを知ったのはもっと先の港町に停泊した時に、同僚の船員が酔っ払って話しているのを離れた場所で聞いていたからで、それによれば、あの店では少々怪しげな薬を取り扱っているとのことだった。

勿論これだけが材料というわけじゃないだろうが、世間的には無価値とされている角を高値で買い取るのだから、おそらくその予想は当たっていると思われる。

「え、じゃあこれ渡したら駄目じゃないの？　っていうか、冒険者ギルドはそのことを知ってるのかしら？」

「うーん、確実とは言えねーけど、割と高い確率で知ってると思う。じゃなきゃ大して凶暴でもない魔獣を、常設の討伐対象にはしねーだろ」

これもさっき会った冒険者に聞いた話だが、ラブルドンキーは常設依頼……つまりゴブリンなんかと同じで、依頼を受けずとも倒して討伐部位を持っていけば常に換金してくれる魔獣だということだ。

そして常設依頼とは、そいつが存在しているだけで重大な被害を生む可能性がある魔獣にしか適用されない。森の奥まで入り込んで捜さなければ見つからないような魔獣を常設依頼にしておくのは、ちょっと不自然なのだ。

「ティアも知ってるだろうけど、討伐部位ってのは売り買いを禁止されてるだろ？」

「そうね。常識だわ」

討伐部位の売買禁止は、言わずもがな冒険者が実力や信頼、評価といったものを金で売り買いしないようにするためだ。なのでこれに異を唱える冒険者はいないし、まともな商人ならば討伐部位の売り買いなんて絶対にしない。当然それはティアも知っているので、俺の言葉に大きく頷く。

「しかも討伐部位ってのは、基本的に利用価値のない部分が選ばれる。じゃねーと普通に素材として流通しちまうし、そもそも冒険者ギルドが『魔獣を討伐した報酬』を支払うための証拠なんだから、それ自体に価値があったらややこしいことになるからな」

よほど魔獣の強さが大きく変わりでもしない限り、その討伐部位に支払われる報酬が変わることはない。が、利用価値のある素材であればその値段は需要によって常に変動する。定価と時価の両方を併せ持つ品なんて、どう考えても面倒なことこの上ない。

「だが、そこに落とし穴がある。『討伐部位に価値がない』って常識を作ったのは、あくまでも冒険者ギルドだってことだ。その常識の裏をついて、本当は凄く価値のあるものを討伐部位に指定したら、どうなる？」

「どうって……あっ、魔獣の強さ分だけのお金で、希少な部位を独占できる!?」

「そういうこった。ただ、そんなのは誰でも思いつくことで、そして実行されないことだ。本当に有用な素材だって言うなら、それを材料にして作った何かが市場に出回るわけだろ？

でも製法や素材を何もかも秘匿したスゲー薬とかが売ってたら、誰だってそれを調べようとする。それでばれたら、冒険者ギルドって仕組みそのものが根底から崩れるような大事件になっちまうからな。

おまけに討伐部位ってのは世界中の冒険者ギルドで共通だ。支部単位ならその手の悪事を働こうとする奴もいるかも知れねーけど、冒険者ギルド全体でってなったら無理だろ」

「え、じゃあ何でこの角のことを冒険者ギルドが把握してるって話になるの？　それなら普通何も知らないいんじゃない？」

「……これはあんまり知られてねーことなんだが、実は冒険者ギルドはこの手のヤバいものをそれとなく回収してるんだよ。今説明したように、討伐部位に指定してやれば理由なしで世間での流通を規制できるし、冒険者が勝手に集めてくれるからな。

ただし、悪用するためじゃねーぞ？　逆にそうやって集めることで、悪用されないようにするためだ」

まあ、そこで横流しするような奴はいるかも知れねーが……という最後の言葉は、口にすることなく呑み込んでおく。するとティアは心底感心したように頷き……しかし若干顔をしかめて改めて話しかけてくる。

「へー、そんなことが……ねえ、エドって何でそんなことを知ってるの？　それ、多分普通は知らないことよね？」

「そりゃそうだけど、本来ならティアも知っててておかしくなかったことだぞ？」

「え、何で？」

「だってお前、これはアレクシスと一緒に旅してた時に聞かされた話だからな」

「えっ、嘘⁉　私そんな話聞いたことないわよ⁉」

「そりゃないだろ。だってティア、『難しい話はお主達に任せる！』って言ったゴンゾのオッサンについていったじゃん。だから俺とアレクシスが話を聞いたんだよ。ほら、サンクテルの町で冒険者ギルドに絡んだ事件を解決したことあったろ？」

「あー………そ、そんなこともあったかしら？　へへへ……」

ジト目を向ける俺に、ティアがあからさまに動揺しながら顔を逸らす。パタパタと動く耳が何より雄弁にその内心を物語っているが……追及はすまい。

「そ、それよりエド！　そういうことなら、この角をそのまま持っていくのは駄目なんじゃない？」

「それ、さっきも言ったな。まあ、その辺は考えがある。だから今は、この辺では二度と薬が出回らねーように、徹底的にラブルドンキーを狩り尽くしてやろうぜ？」

　狩ったばかりのラブルドンキーの角を〈彷徨い人の宝物庫〉にしまい込みつつ、俺はニヤリと笑みを浮かべる。それを見たティアが「うわ、エドがまた悪い顔をしてる……」と呟いたが、一切気にすることなく俺は狩りを続け……そして三日後。俺達は再び件の店を訪れていた。

「へぇ、生きてやがったか。で、どうだ？　一頭くらいは仕留められたのか？」

「ま、それなりにな」

　ちょっとだけ意外そうな声を出す店主を前に、俺は背中に担いだ薄汚い背嚢をカウンターの上に置く。すると店主は嫌そうな顔をして俺の事を睨み付けてきた。

「何だこりゃ？　こんなボロ、俺の店で買い取ったりしねぇぞ？」

「おいおい、そりゃねーだろ。アンタが買い取るって言うから、わざわざ中古の背嚢まで買って持ってきたんだぜ？」

「は？　何言って……まさか⁉」

　ヘラヘラと笑う俺に、店主が焦った様子で背嚢の口を開ける。するとそこからこぼれ落ちたのは、大量に詰め込まれたラブルドンキーの角だ。

「嘘だろ⁉　お前これ、幾つあるんだ⁉」

「さあな。六〇か七〇か……確かそのくらいだったはずだが」

「………………」

俺の言葉に、店主が呆気にとられて動きを止める。だがすぐに引き出しから鉄のヤスリを取り出し……しかし俺はそれを止める。

「おい、ふざけんな。金も払ってねーくせに、何しようとしてやがる？」

「……こっちは大金払うんだ。本物かどうか調べるに決まってるだろ？」

「は？　そっちこそ何言ってやがる。討伐部位の偽物なんて、それこそどうやったら手に入るんだよ？　それともアレか？　難癖つけて『やっぱり買い取りません。あれは冗談でした』とでも言うつもりか？」

「それは………」

「……ハァ、ならいい。思ったより狩れたから、これなら普通に冒険者ギルドに持ち込んでも十分な金になるからな。じゃ、そういうことで」

軽くため息をついてから、俺は背嚢に手を伸ばす。すると店主が焦ったように俺の手を掴み、角が詰め込まれた背嚢を抱きしめる。

「ま、待て！　わかった、わかったから……せめて外見くらいは調べさせてくれ。よく似た別の魔獣の討伐部位ってことならあるかも知れねーだろ？」

「そんなもんを調べて用意する方がよっぽど大変だと思うが……まあ、そのくらいなら好きにすりゃいいさ」

俺が手を引いたことで、店主が安堵のため息を漏らしてから、再び角を手にしてじっくりと観察し始める。棚からルーペを取りだし、何本もの角を取り出して見比べて……

「……間違いねぇな。こりゃ全部ラブルドンキーの角だ」

「ようやくか。じゃ、買い取ってくれるんだな？　多すぎるって言うなら、買えるだけでもいいぜ？」

「いや、全部買う。そうだな、纏めて金貨三〇枚でどうだ？」

「そうだな……どう思うティア？」

「そうね、いいんじゃない？　それだけあれば多少は路銀の足しになるでしょ」

「だな。じゃ、それでいい。言うまでもねーけど、即金で払えよ？」

「わかってる。ほら、持ってけ」

部屋の奥にあった金庫を開き、店主がそこから金貨を取り出す。俺はそれを素早く数えると、無造作に腰の鞄の中に突っ込んだ。

「確かに。じゃ、俺達はもう行くぜ」

「ああ。いい取引だった……次に顔を出した時には、もっと割のいい仕事を回してやるよ」

「そいつぁいい。次があるなら、よろしく頼むよ」

「さよなら店主さん」

軽い感じで挨拶をして、俺達は店を後にする。そのまま一気に表通りまで出ると、寄り道せずに宿の部屋に戻り……そこで顔を見合わせ笑い合い、俺があげた両手のひらを、ティアの手がパチンと叩く。

「ハッハー！　どうよ？　大成功だぜ！」

「やったわねエド！　あー、ドキドキした！」

俺達が店主に渡したそれは、一つ残らず俺の追放スキル〈半人前の贋作師〉で作った偽物だ。あれは見た目しか再現できないので、削られそうになったときは少しだけ焦ったが、結果は大成功である。

「それで、これからどうするの？」

「ああ、荷物を纏めたらすぐに船に戻る。あいつらだって馬鹿じゃねーから、すぐに偽物と気づくだろうが……船に戻っちまえばこっちのもんだからな」

俺達がレベッカの船に乗っていることは、あの店主も当然知っている。が、まさか海賊船に「騙されて偽物を掴まされた」と抗議に来る馬鹿はいないだろう。万一来たとしても、レベッカなら大笑いして追い返すはずだ。

「それにしても……フフ、あの店主さんの顔！　『……間違いねぇな』って、偽物をあんな真面目に……ククク……」

「そこはお前、俺の追放スキルがスゲーんだよ！　まあとにかく、ラブルドンキーは狩り尽くしたから、もうこの辺で怪しげな薬が出回ることもねーはずだ。やることもやりきったし、凱旋といこうぜ」

「ええ、そうね」

最初からこうなるとわかっていたので、荷物は既に纏めてある。〈彷徨い人の宝物庫〉が使えればそれすら必要ないんだが、まだこの世界で俺の手札を明かすのは早すぎる。さっきのボロとは違うちゃんとした背嚢に買った着替えなんかを詰めると、俺達は足早にスカーレット号へと戻っていった。すると居残り組の船員が俺達を見て声をかけてくる。

「あれ、エド？　それにティアちゃんも……どうしたんだ？　まだ休みは一日あるだろ？」

「ああ、ちょいと大儲けしたんだけど、その分恨みも買いそうなんでな。こっちに避難してきたんだ」

「へー。なら酒の一杯くらい奢れよ？」

「いいぜ。酒じゃねーけど、最高に酔えるのをやるよ」

そう言って俺が取り出したのは、一枚の金貨。それを受け取った同僚船員が驚きに目を見開く。

「おい、エド⁉ お前金貨って……」

「言ったろ？ 大儲けしたんだ。次はそっちが休みなんだろうから、それで仲間を誘って飲んでこいよ。その代わり……」

「ああ、任せとけ！ エドもティアちゃんもここにはいねーし、寝ぼけて因縁つけてくるようなら返り討ちにしてやるよ！」

「助かる！ じゃ、まだ一日あるだろうけど、楽しんでこいよ」

「ありがとう、えーっと……タルカさん？」

「うぉぉ⁉ ティアちゃんが俺の名前を覚えて……⁉ 全部このタルカさんに任せとけ！ ハッハハッハッハッハ！」

タルカの上機嫌な笑い声が、船の甲板に響き渡る。その後俺達は船の中に引きこもり、外では何やら小さな騒ぎがあったようだが……勿論、俺やティアには何の関係もないことである。フフフ。

その後、船は何事もなく予定通りの日に出航した。となると、どうやら俺達のやったことはお目こぼしされたようだ。まあ店主のオッサンやその背後にいる奴らにしても、あんな後ろ暗い商売をやってるなら「騙される方が悪い」ってのは身に染みてわかってるだろうからな。

それでも万一、レベッカと事を構えてでも面子(メンツ)を保ちたいと思うほど大物が釣れた場合に備えて一応警戒はしていたのだが、船員の増員……要は潜入工作員だな……や積み荷への細工もなかったようなので、俺はひとまずホッと胸を撫で下ろす。

俺とティアだけなら海の真ん中に放り出されてもどうにかする手段がギリギリなくもないが、その結果レベッカが死んだりした場合、どうなるかわからねーからな。何事もないというのは実に素晴(すば)らしいことだ。うん。

（ま、そんな木っ端(こっぱ)のチンピラじゃなく、レベッカは俺達の追っ手の方を警戒してただろうけどな）

存在しない俺達の追っ手は、裏町の店主程度とは桁が違う存在……ということになっている。なのでそっちを警戒すれば、自然とチンピラ程度が手を出す余地などなくなるのは自明だ。

（ふーむ、俺達を追いかけてる奴の痕跡がなさ過ぎるのも、それはそれで疑われることになるか？　次はその辺も少し考えてみるか）

「ハァ、これで陸地ともしばらくお別れね」

そんな事を考えている俺の隣で、ティアがそう言ってため息をつく。今はまだ船が出たばかりなので、俺達新人には何の仕事も割り当てられていないため、並んで甲板から海を眺めているのだ。

「何だ、もう陸地が恋しいのか？」

「だって、私達が町に滞在したのって、実質一日くらいよ？　三日は外で狩りをしていたし、その他も……ねぇ？」

「あー、まあそうか。つっても、次に何処かの港に寄るのは、多分ひと月半くらい先じゃねーかな？」

「うへー。それじゃ私は、これからひと月半も毎日野菜の皮を剥き続けるのね……」

「それは……あれだ。頑張れ」

うんざりした顔を見せるティアに、俺は苦笑しながらそう言って肩を叩く。今更客員待遇にしてくれと言うわけにもいかないので、これはどうしようもない。

が、代わりに俺はティアの手を取り、そっと握る。するとティアはすぐに気を利かせ、〈二人だけの秘密〉を発動させてくれた。

『それに、実際には一ヶ月くらいでちょいと面白いことがあると思うぞ？』

『へぇ？　何があるの？』

『ははは、それは起きてのお楽しみだ。ここで詳細を話しちまったら、何があるのか想像しながら野菜を剥くことができなくなるだろ？』

『むー、野菜の皮を剥かなくていい方にして欲しかったわ……』

『どうしてもって言うなら、レベッカに相談してみればいいんじゃねーか？　っても下っ端の仕事なんて、他には甲板磨きとか船内の掃除とか、臭くて汚い労働がほとんどだぞ？』

『うぐっ……わ、わーい。野菜の皮剥きは楽しいなー』

『ああ、そう思っとくのが無難だ』

そんな会話をこっそりと交わしたりしつつ、俺達は再び新人船員の日常に戻っていく。適当な雑用をこなし、何事もない平和な日々を満喫……あるいは持て余すこと、一ヶ月。

それは一周目の記憶と違えることなくやってきた。

「前方に船影！」

久しぶりに船に響き渡る大声。それに合わせて船内がにわかに騒がしくなるが、それの示すところを知っている俺は床を拭いていた雑巾を近くの桶に放り投げると、落ち着いてティアと合流してから甲板へと上がっていった。

「状況を報告しな！」

外は、パラパラと雨の降る悪天候であった。幸い風はそこまで強くないのでスカーレット号の航行には何の支障もないが、それでも太陽を遮り黒く立ちこめる曇天は、何とも不穏な空気を煽ってくる。そしてそんな状況のなか、高い位置に立つレベッカの声に、マストの上から望遠鏡を覗いた船員が大声で答える。

「東北五〇〇に船影一！　旗は……ありゃバロックですね」

「またかい？　まあどこぞの商船を襲ってるとかじゃないなら、あえて関わるほどの事はないね。この前アタシ達が仕事の邪魔をしたから、大した金も貯まってないだろうし……よし、進路変更！　東に――」

「待ってください姐さん！　バロックの船が、まっすぐこっちに突っ込んで来てます！」

「だから船長と……何だって？」

自分の声を遮った部下に、しかしレベッカは叱責することなく怪訝な表情を浮かべる。

「こっちに来てる？　まさか悪天候に乗じて、この前の意趣返しをするつもりかい？　いくらピエールでもそこまで馬鹿じゃないはずだけど……船影はバロックの船だけなんだね？」

「ちょっと待ってください。視界が悪くて……波飛沫？　え、嘘だろ⁉」

「はっきり言いな！　何が見えたんだい⁉」

「ば、バロックの船の向こうに、でかい影があります！　大型魔獣、推定クラーケン！」

「クラーケン⁉」

　焦った船員の声に、レベッカが素っ頓狂な声をあげる。が、それも当然だ。クラーケン……八本の触手を自在に操り、この船よりでかい体を持つ軟体の魔獣は、遭遇すれば死を覚悟する圧倒的な海の強者だ。一隻で対峙するなら金属で補強された軍船だろうと太刀打ちできず、その触手で船体を引きちぎられれば、全員揃って海の藻屑確定である。

「急速回頭！　ピエール達が襲われている間にさっさと逃げるよ！」

故に、レベッカは冷酷かつ冷静な判断を下す。ピエール……バロック海賊団は確かに顔見知りではあるが、海賊にとっての同業者は基本的には敵である。状況によって協力することもないわけではないが、大きな犠牲を……ましてや自分達の命を賭けて救うような相手ではない。

そんなことは常識なので、勿論誰もレベッカの決定に異を唱えない。そう、誰も……俺以外には。

「なあ船長、ちょっといいか？」

「何だいエド！　今はアンタに構ってる暇はないよ⁉」

「なら手短に。あのクラーケン、俺とティアで倒してきてもいいか？」

「はぁ⁉　アンタ、何馬鹿なこと言ってんだい⁉　あんなもの倒せるわけがないだろ⁉」

「そこは勿論、考えてあります。で、相談なんですけど……あれを倒したら、この船で曳航してもらえませんか？　取り分は俺が七ってことで」

「…………一応、どうするつもりなのか話してみな」

レベッカの視線が馬鹿を見る目から詐欺師を見る目に変わったが、とりあえず話は聞いてもらえるようだ。なので俺は手短に作戦の内容を話していく。すると全てを聞き終えたレベッカが、暗く淀んだ空を仰いで大きくため息をついた。

「はぁー、なるほどねぇ……今言ったことが本当にできるんなら、確かにクラーケンも倒せるんだろうさ。まあいいよ？　この船に被害が及ばないなら、好きにすりゃいい。ちゃんとクラーケンを倒したなら、後で回収してやる」

「ありがとうございます。じゃあ――」

「ただし、取り分はこっちが六だ」

「おぉう、それは流石に取り過ぎじゃないですか？　クラーケンを倒すのは俺達ですよ？」

強気な交渉に俺が抗議の声をあげると、しかしレベッカはニヤリと笑う。

「そうだねぇ。でもこの船がなきゃ、倒すだけで終わりだ。それにあんなものを曳航するなら、一直線に港に向かうしかない。ならその間に稼げるかも知れない全てを諦める値段としちゃ、妥当だと思うけどねぇ？」

「港を出てから今日まで、銅貨一枚だって稼いでないじゃないですか！」

「いいや、これから稼ぐ予定だったんだよ。何せこの先にはハブログ商会の定期航路があるからねぇ。がめついアイツらの船を襲えば、がっぽり儲けられる予定なんだよ」

「うっわ、それ絶対今考えましたよね？」

クラーケンから逃げたあと、商船なんて襲ってないことを二周目の俺は知っている。だがレベッカは素知らぬ顔だ。

「どうするんですか姐さん！　逃げるならもうそろそろ動かないと……」

「だそうだよ？　どうするんだいエド？」

「あーっ、もう！　わかりましたよ。なら五：五で！　これ以上は譲らないですよ！」

「ハッハー、いいだろう！　南西に進路を変更！　いつでも逃げられる距離を保ちつつ、クラーケンと速度を合わせな！

じゃあエド、緊急用の小舟があるから、それを――」

「あー、いや、大丈夫です。ティア」

「やっと出番ね！　任せて！」

俺の呼びかけに、横にいたティアが得意げな顔で剣を抜く。レベッカに説明した内容をフンフン言いながら一緒に聞いていただけあって、ティアの準備は既に終わっているようだ。

「いくわよ……やぁぁぁぁ！」

いつの間にか詠唱を終え、青白い光に包まれていた「銀霊の剣」を、ティアが水面に向かって思い切り振り下ろす。するとその先の海が直線状にビキビキと凍っていき、あっという間にクラーケンへと続く氷の道が出現した。

「……あっ」

ただし、クラーケンへと続くということは、それに追いかけられているバロック海賊団の船がその途中にあるということだ。突然海が凍りつき、強制的に足を止められたバロック海賊団の船に、凍った水面を意に介さずバリバリと割りながら近づいたクラーケンの触

手が一気に襲いかかっていく。

「うわ、やっちゃった⁉　ごめんエド！」

「ははは、足止めにゃちょうどいいさ。でも急がねーと沈められちまうな……行くぞティア！」

「お願い！」

ティアの体をひょいと横抱きにして、俺はそのまま甲板を走って凍った海へと飛び降りた。ちなみにティアは自分の体を風の精霊魔法で支えているので、比喩ではなく相当に軽い。体感的には一〇キロくらいだな。

「よーし、ぶっ飛ばすぜ！」

「いけー！」

着地した瞬間、俺は〈追い風の足〉を起動。文字通り風となって、俺達は一直線にクラーケンの方に近づいていく。ティアの生み出した白い道をあっという間に駆け抜けて、その衝撃を少しずつ蓄積した〈円環反響〉を解放すれば、弧を描いて跳んだ俺達が着地するのは、バロック海賊団の船の上。

ドスンという音を立てて甲板のど真ん中に着地すれば、すぐに鉤爪船長ことピエールがこっちに駆け寄ってきた。

「クソッ！　クラーケンが出たかと思えばいきなり海が凍り付いて、その上今度は何が降ってきやがった……って、テメェ、レベッカのところの新入りか!?」

「よう、ピエール船長！　元気？」

「ふざけんな！　今すぐ死にやがれぇ！」

「おっと!?」

　いきなり鉤爪で殴りかかってきたピエールの攻撃を、俺は素早くティアを下ろしてから奴の船員から奪った剣で受け止める。町に下りたときに買い換えてもよかったんだが、ぶっちゃけこれより上等な剣が売っていなかったのだ。

「あっぶねーな！　ティアに当たったらどうするつもりだよ!?」

「知るかボケ！　レベッカの船にクラーケンを押しつけてやろうと思ってたのに、まさかそっちから攻め込んでくるとはなぁ！　こうなりゃ自棄だ！　全部纏めてこの俺様がぶっ殺してやる！」

「船長、無茶ですよ！　早く氷をどうにかしないと、もう船が持たないですって！」

「うるせぇ！　それをどうにかするのが海の漢ってもんだろうが！」

「そんなこと言われても……」

「あー、待て待て。落ち着けピエール船長。俺達がここに来たのは、別にこの船を襲いにきたわけじゃねーんだ」

「アァ⁉　なら一体何の用だってんだ⁉」

「いや、ちょいとそのクラーケンを倒そうかと思ってな。ほら、そいつの死体なら結構な金になるだろ？」

「……はぁ⁉」

俺の言葉に、ピエールが完全に馬鹿を見る目を向けてくる。だがすぐにニヤリと笑うと、構えていた鉤爪を下ろした。

「いいぜぇ、好きにしろ！　おい野郎共、この馬鹿が餌の役を買って出てくれるそうだ！その間に氷を砕いて、さっさとずらかるぞ！」

「「「アイサー！」」」

「ってわけだ。こっちの邪魔しねぇなら勝手にやれ！　ただし俺の船を傷つけやがったらただじゃおかねぇからな！」

「わかってるって。ま、ほどほどに気をつけるよ。よし、行くぞティア！」

「ええ！」

背後から聞こえる「ほどほどじゃなくて、完璧に気をつけやがれ！」という怒鳴り声を無視し、俺とティアは船の後ろへと移動する。するとそこではド迫力のクラーケンがこれ見よがしに触手をうねらせており、船員達が少しでも迎撃の手を緩めれば、今にも巻き付いて船体をもぎ取られそうだ。

「でやぁぁぁぁぁぁぁ！」

　ならばこそ、俺は一番近く……船に触れる寸前だった触手に思い切り斬りかかる。その斬撃はズバッという固い手応えと共に触手の先端を斬り飛ばしたが……浅い。もっと根元に近い位置で切らねーと、触手を無効化したとは言えない。

　だが、まさか泳いでクラーケンに近づけるはずもない。ティアが作ってくれた氷の道も、とっくの昔にクラーケンの触手により砕かれている。この「近づかなければ有効打が与えられないのに、どうやっても近づくことができない」ということこそがクラーケンが大海の覇者たる所以なのだが……

「ティア！」

「任せて！　水面を撚りて滴るは蒼く輝く満月の雫、土を纏いて槌打つ響きは金に満ちたる累月の礫――」

　ここに来るまでの僅かな時間で、作戦の打ち合わせは終わっている。詠唱に集中するティアの姿に何かを感じたであろうクラーケンの触手が殺到するが、その悉くを俺の剣が受け止める。

　これだけの質量差があれば、本来ならば俺なんて一撃でぺちゃんこだろう。だが俺の追放スキル〈円環反響〉があれば、その全ては未来への布石。二撃、三撃と受け止めてなお、奴からすれば小さな人間でしかない俺の体は小揺るぎもしない。

「鈍の光に束ねて重ねる三界さざめく精霊の吐息！　凍てつき果て尽き凍えて氷れ！　ルナリーティアの名の下に、顕現せよ『フリージンググレイ』！」

　その結果、背後ではティアが遂に詠唱を終える。魔力を放出し続けるためにあえて「銀霊の剣」を介さずに放たれたそれは、土と水の複合属性たる氷の精霊魔法。青白い閃光がクラーケンの巨体に命中すると、そこを基点に氷が広がっていく。

　その事実に焦ったクラーケンが、滅茶苦茶に触手を振り回して暴れ出す。だが氷が自分の体の内側にまで広がっているのを察しているのか、体を叩いて割ろうとはしない。それをやってくれれば楽だったが、野生の魔獣ってのは決して馬鹿じゃないからな。

「うううううううう………ごめんエド、この辺が限界みたい」

　そうしてクラーケンの体が七割くらい凍り付いたところで、ティアが苦しげな声でそう告げてくる。如何に卓越した精霊使いでも、流石に全部氷漬けにはできなかったようだ。

「オイオイオイオイ、まだ全部凍ってねぇじゃねぇか！　どうすんだオイ⁉」

「うるせぇ、黙ってろ！　よくやったティア！　後は任せろ！」

いつの間にか観戦していたらしいピエールに怒鳴りつけると、俺はそう言って剣を構え直す。ピエールはティアの魔法こそが切り札だと思っていたようだが……残念、そいつはただの下準備だ！

「砕けろ！」

船縁の柵を踏み越えるのと同時に〈追い風の足〉を起動。大砲のようにクラーケンへと吹き飛んだ俺は、これまでため込んだ全ての衝撃を込めてカチコチに凍り付いたクラーケンの頭を殴りつけた。すると――

「うぉぉぉぉ⁉　クラーケンがひっくり返りやがった⁉」

凍り付いた頭が重しとなって、クラーケンの巨体がクルリと半回転する。そうして露わになったのは、本来ならば水中に隠れているはずの口だ。パクパクと物欲しげに動く口からは、噛まれたら痛そうなギザギザの歯が見え隠れしている。

「そんなに腹ぺこなら、こいつを食らっとけ！」

そんな口の中に、俺は咄嗟に起動した〈彷徨い人の宝物庫〉からボロい背嚢を取り出して投げ込んだ。その中に詰め込まれているのは、この前アホほど狩りまくったラブルドンキーの角である。

船が出たあとで同僚の船員に聞いてみたところ、どうやらこの角を削った粉は、とあるものと混ぜると超強力な精力剤となるらしい。一〇〇倍希釈で夜のお供に、そのまま使えば心臓が破裂するというその薬に必要なもう一つの材料は——

「クラーケンの体液とか、話ができすぎだろ」

通常の軟体状態ならともかく、凍らせてぶん殴ったクラーケンが内出血を起こしていないはずがない。そこに致死量を遙かに超えるラブルドンキーの角をぶち込んだら、どうなるか？

「うひぃぃぃ⁉　船が、俺の船がぁ⁉」

口に入ったそれを反射的に噛み砕いてしまったクラーケンが、何とか頭を上に起き上がるも苦しそうにもがき始める。うむ、もし効果がなかったら地道に触手を斬り飛ばしていく作業が待っていたわけだが、どうやらそれはしないで済みそうだ。

ちなみに、あの薬の効果は四時間くらいで消えるので、売却には何の問題もない。どうせ曳航する過程で血は抜け切っちまうしな。

「よっと、ただいまティア」

「おかえりエド。それで、この後はどうするの？」

そんなクラーケンのところから、再び〈追い風の足〉と〈円環反響〉を駆使して甲板に戻ってきた俺を、ティアが笑顔で出迎えてくれる。その隣ではピエールがギャアギャア騒いでるが、気にしない。

「しばらくは様子見だな。多分一〇分くらいで死ぬと思うけど」

「ふーん？　今回はズバッと斬っちゃわなくていいの？」

「いや、それやったら売れなくなっちまうだろ？　あとこの剣でクラーケンを斬るのは、ちょっと無理だな」

　薄命の剣とは言わずとも、せめて銀翼の剣があればそれもできただろう。が、まあまあいい程度の剣であの巨体を両断するのは無理だ。どうしてもとなれば自分の腕を飛ばしてからの血刀錬成を使えばいけるだろうが、まだ四ヶ月くらい残っている期間を隻腕で過ごすのは不便過ぎるしな。

「そっか。じゃ、このまま待ちましょうか」

「おいテメェ等、何ふざけたこと言ってやがる！　さっさとあのデカブツをどうにかしやがれ！」

「何だよピエール。どうにかって、ほっといても死ぬって言ってるだろ？」

「ほっといてる間に、あの触手が俺の船をぶっ壊しちまうって言ってんだよ！」

「ったく、仕方ねーなぁ」

　クラーケンより先に頭の血管が切れるんじゃないかという勢いで怒鳴りつけてくるピエ

ールに負け、俺は再び船尾に戻る。苦し紛れに暴れる触手がバッチャンバッチャンと水面を叩き、激しく揺れる海賊船に時折飛んでくる触手を弾いていると、程なくしてクラーケンの動きがドンドン鈍くなっていった。

そうして待つこと、一〇分。最後に大きく水面を叩いて、クラーケンが動かなくなった。命の火が消えた証として、その巨体が静かに沈んでいき……っ⁉

「あっ、ヤバい⁉　そりゃ死んだら沈むわ！　おいティア、すぐにレベッカを――」

「さあ、アンタ達！　沈んじまう前にクラーケンを確保するよ！」

「「「オーッ！」」」

俺が焦った声を出すのとほぼ同時に、いつの間にかこっちに近づいてきていたスカーレット号から何本もの縄付きの銛が飛び、沈みゆくクラーケンの体に突き刺さっていく。それと同時にレベッカがスカーレット号から俺達に向かって声をかけてきた。

「おーい、アンタ達！　やったじゃないかい！」

「あ、船長！　ええ、約束通り仕留めましたよ。なんで、そっちもお願いします」

「はは、いいとも！　これだけのことをやった新入りの手柄を横取りしたんじゃ、誰もアタシについてこなくなっちまうからね。約束通り――」

「うぉぉおい、待て待て！　テメェ等、俺を無視して話をするんじゃねぇ！」

「何だいピエール。これはアタシとウチの新入りの問題だ。アンタには何の関係もないだろう？」

「関係ないわけねぇだろうが！　こいつらが戦ったのは俺の船の上なんだぞ⁉」

「ああ、そりゃつまりアンタがエド達に護衛料を払ってくれるって話かい？　それならアタシの取り分は三でいいよ」

「何で利用された俺が金を払うんだよ！　しかも何もしてねぇテメェが三割も持っていくとか、ケツだけじゃなく態度まででかすぎるだろ！」

「ハッ！　部下の儲けはアタシの儲けだよ！　そもそも――」

レベッカとピエールが、相変わらず丁々発止のやりとりをする。これは口を挟むと却って面倒になるやつだと見守っていると、不意にティアが俺の手を掴んできた。

『ねえ、エド。ちょっと聞きたいことがあるんだけど、いい？』

『ん？　何だ？』

『あのね、すっごく今更なんだけど……何でエドはクラーケンを倒そうって思ったの？　本当にお金が必要ってわけじゃないのよね？』

『ああ、それか。勿論、目的は金じゃねーよ』

問うティアに、俺はニヤリと笑みを浮かべる。当たり前の話だが、単に暇だったから倒したなんて理由ではない。

『実はクラーケンには、別の呼び名があるんだよ』

『別の？』

『そう。その名も「霧の門番」だ』

『門番？　何か守ってるの？』

『さあな。ま、それはこれからわかるさ』

『ふーん？』

今ひとつ腑に落ちないという顔をするティアだが、これ以上は俺も説明しようがない。何故ならクラーケンを倒したのは、今回が初めてだからだ。

一周目の時も、俺達はクラーケンに遭遇した。だが当時の俺がこんなものを倒せるはずがないし、レベッカにしても逃げ切れる状況でわざわざクラーケンと戦うはずもない。ということで普通に逃げただけなのだが……その後船員の一人から、クラーケンが「霧の門番」と呼ばれているという話を聞いた。

門番……門番だ。クラーケンには何かを守るなんて習性はないのに、一体誰がどうしてそんな二つ名をつけたのか？　外洋に出ると途端に霧が立ちこめ、いかなる船もそれを無視して進むことのできないこの世界で、霧を守る門番？　そんな意味深な名前がついているなら、倒せばきっと何かあるんじゃないか……ぶっちゃけその予感だけが、俺がクラーケンを倒した理由である……よく考えると「暇だから」とそんなに変わらない気が……いや、断じて違う。

「おぁぁぁぁぁぁぁ!?　おい見ろレベッカ！　クラーケンが!?」

「ハァ？　なに話を逸らして……おぉぉ!?」

と、そんな内緒話を俺達がしているところで、不意にピエールとレベッカが驚きの声をあげた。慌てて意識を向けると、クラーケンの巨体が淡い光に包まれ、光の粒子となって空に溶けていくのが見える。

「綺麗……ねえエド、これって……」

「ああ、どうやら当たりみてーだな」

一周目の時、この世界ではあまりにも何も起きなかった。勇者であるはずのレベッカが勇者として活動することは一度もなかったし、そもそもそうなるような事件も起きていない。ただ普通に海賊として活動していただけだ。

だが、それはおかしい。当時の俺はよくわからなかったが、一〇〇の世界を巡りきった今ならばおかしいと断言できる。降りかかる試練や困難から勇者が自分の意思で逃げたり目を逸らすことはあり得るが、そもそもそれが起こらないというのは、勇者が存在することそのものに対する矛盾だからだ。

だってそうだろ？　アレクシスのように最初から勇者の自覚があるならともかく、レベッカに自分が勇者であるという意識はない。そのうえで何のイベントも起こらないなら、何のための勇者なんだって話になる。

だからこそ、鍵は何処かに必ずある。そして俺が一周目で体験した限りでは、分岐点はここぐらいしかないと思ったんだが……それが正しかったことが、たった今証明された。

「あの、船長？　クラーケンって、倒すと消えるんですか？」

それでも俺は、念のためレベッカに問う。するとレベッカはいつもの泰然自若とした態度を崩し、あからさまな困惑を浮かべて答えてくれる。

「そんなわけないだろう⁉　それほど数は多くないけど、今までだって何度もクラーケンは倒されてるんだ。それなのに何で、今回に限ってこんな……あー、これじゃ銅貨一枚にもなりゃしないよ！」

「ははは、やっぱり……」

嘆くレベッカをそのままに、俺は内心でニヤリと笑う。うむ、間違いない。この現象は、勇者パーティの一員である俺達が倒したからこそ起きた特殊現象ということだ。ならこれで終わりってことはないだろうが……果たして？

「見て！　光が！」

それを見ていた皆の意見を代表するようにティアが叫ぶ。その指さす先では、残ったクラーケンの体から立ち上る光の粒子が消えなくなり、代わりにまるで糸のように細くなって海上を伸びていく。

「船長、あれ追いかけましょう！　絶対何かありますって！」

「ええ？　まあ、うん。そうだねぇ。風に流されてるって感じでもないし……」

「でしょ!?　だから追いかけましょう！　ここであれを見送ったら、それこそ倒し損じゃないですか！」

急き立てる俺に、レベッカがしばし思案顔になる。だがすぐに顔をあげると、そこには不敵な笑みが浮かんでいる。

「よーし、いいだろう！　確かにこの先になら、とんでもないお宝がありそうだ！　アンタ達、船を出すよ！　エド、ティア！　すぐにこっちに戻ってきな！」

「はい！　行くぞティア！」

「ええ！」

俺は再びティアを横抱きにし、船の甲板を〈追い風の足(ヘルメスダッシュ)〉で駆け抜ける。そのまま船縁を蹴って大ジャンプすると、無事にスカーレット号の甲板に着地した。

「帰還しました、船長！」

「ただいま、船長さん！」

「よく戻った！　それじゃ早速出港――」

「ちょっ⁉　待てレベッカ！　テメェ等、この俺様の船がクラーケンを引きつけてたから倒せたっていうのに、俺を置いてお宝を独り占めするつもりかぁ⁉」

「何甘えたこと言ってんだい！　海賊が宝を狙うなら、早い者勝ちに決まってる！　悔しかったらアンタもその船で追いかけてくればいいじゃないか」

「そうだけどよぉ……おい野郎共、船の状態はどうだ⁉」

「補修すれば港までは十分行けると思いますけど、このまま外洋に漕ぎ出すのはちょっと怖いですね」

「そうか……なら！」

　ピエールの左手が向けられ、次の瞬間その鉤爪がバスンという音を立てて射出される。

青白く輝く不思議な縄がビヨンと伸びるなか、軽い放物線を描いた鉤爪はスカーレット号の船縁に引っかかり、今度はその縄が縮むことでピエールの体がこっちに向かって飛んできて……着地に失敗して甲板に転げる。

「ぐへっ⁉」

「ピエール⁉　アンタ、今の何だい⁉」

「へっへっへ、俺の鉤爪は特別製なのよ！　野郎共、俺はお宝を探しに行くから、お前達は近くの港……ここからだとジーベック辺りか？　そこに船を運んどけ！　お宝を手に入れたら、俺は自力で戻る！」

「船長……わかりました！　お前等聞いたな？　早速行動開始だ！」

「「「オーッ！」」」

ピエールの命令に、バロック海賊団の船員達が一斉に動き出す。それを見て満足げに頷くと、キュッキュッと鉤爪を左腕に取り付け直しながら、今度は俺達の方を向いてピエールが笑う。

「ということで、俺様もついていくから、よろしくな、新入り！」

「お、おう。よろしく……？」

「よろしく、ピエールさん！　ねえ、その鉤爪って――」

「ちょいと待ちな！　何がよろしくだい、いつアタシがアンタが船に乗るのを許可したんだよ⁉」

「何だよレベッカ、ケチ臭いこと言うなって。この俺を誰だと思ってる？　バロック海賊団の船長、ピエール様だぞ？　海賊の流儀くらいわかってるさ」

「へぇ？　じゃあどうするってんだい？」

その顔に警戒を浮かべ、値踏みするようにレベッカが言う。するとピエールは錨のような髭を撫でつけ、不敵な笑みを浮かべて答える。

「決まってる！　この船の甲板をピッカピカに磨き上げてやるぜ！」

「…………………」

「あ、戦って制圧するとかじゃないのね？」

言葉を失うレベッカと、思わずツッコミを入れるティア。だがそんなティアの言葉に、ピエールが目を見開いてズイッと顔を近づけながら叫ぶ。

「馬鹿言うんじゃねぇ！　クラーケンを倒せるようなやつと戦うわけねぇだろうが！　どうだレベッカ、今ならワックスがけもしてやるぜ？　それとも野菜の皮剥きか？」

「……ハァ、何だか一気に力が抜けたよ。暴れないなら好きにしな。さあアンタ達、こんな馬鹿はほっといてさっさと出航するよ！」

「アイマム！　帆を張れ！　光の線を追いかけるぞ！」

「おいおいレベッカ、その態度は冷たくねぇか？　俺、こう見えて器用なんだぞ？」

「じゃあピエールさんは、私と一緒に野菜の皮を剥きましょ？」

「へっへっへ、いいぜ嬢ちゃん。この俺の華麗なる皮剥きを見せてやるぜ！」

「あー……いいんですか船長？」

何故か仲良く船の中へと消えていくティアとピエールの姿を見送り、俺はレベッカの方を見る。するとそこにあったのは、呆れとも諦めともとれる苦笑いだ。

「いいんだよ。あんなのでも割と長い付き合いだからねぇ。それよりエド、アンタは少し休んどきな。これから先も何があるかわからないからねぇ」

「ありがとうございます。でも、もう少しここで行く先を見てますよ」

「そうかい？　なら好きにしな」

軽く手を振り、レベッカが去って行く。対して俺はしばらく船の針路……光の糸が続く先を見続けていたが、三〇分ほどしたところですぐに何処かに辿り着くというわけでもないのだろうと判断し、休憩に入った。

実際、その後の航海は穏やかなものだった。世界の果てとも称される霧の海に突入した時は流石に騒ぎになったが、光の筋が通った場所だけはどういうわけか霧が晴れており、そうなれば俺達には迷う余地すらない。導かれるままに海を進み続けること、一週間。遂に光が弾けて消えた先にあったのは、割と大きな島であった。

「どうやら、ここが目的地みたいだねぇ……停泊できそうな場所はあるかい？」

「厳しいですね。砂浜があるんで上陸そのものは楽そうですけど、代わりに水深が浅いみたいなんで、この船でこれ以上近づくと座礁するかも知れません」

「ならここからは小舟で行くか。幸い島の周囲も含めて霧が晴れてるみたいだしねぇ。誰か一緒に行きたい奴はいるかい？」

レベッカの呼びかけに、船員達の間でざわめきが走る。小舟の定員は精々四人ほどで、そのうち一人がレベッカだというのなら、残りはたった三人。未知の島は危険も相応だが、それでも浪漫に惹かれる奴が何人か足を踏み出そうとし……

「おっと、船長。俺達を置いて行くって選択肢はないですよね？」

「そうよね。私達、これでも功労者だと思うけど？」

その全てに先んじて、俺とティアは堂々と船員達の中から出ていった。出しゃばった新人に対し、しかし誰も咎める言葉を口にしない。

そしてそれは、レベッカも同じだ。軽く笑みを浮かべると、さも当然とばかりに頷いてくれる。

「確かにそうだねぇ。でもアンタ達なら、船に乗らなくても海を凍らせて走って島まで行けるんじゃないかい？」

「そりゃそうですけど、それを言い出したら小舟を何往復もさせりゃ、希望者全員を島に連れて行くことだってできますよね？」

「そりゃあそうだ！　何がいるかわからない島だ、そんな人数は目が行き届かないし……ならあと一人だね。さて誰に……」

「そりゃ俺に決まってんだろ！」

最後の一人に立候補したのは、当然ながらピエールだ。得意満面で船員達をかき分けると、俺達の方にズカズカと近づいてきた。

「おやピエール。下っ端新人のアンタが、どうして一緒に行けると思ったんだい？」

「ハァ⁉　ふざけんな、俺はそのためにこの船に乗ったんだし、甲板も磨いて野菜の皮だって剥いてやったんだぞ⁉　流石にこれは譲れねぇ」

何処かおちゃらけた雰囲気のあるピエールの顔に、にわかに海賊船の船長としての覇気が宿る。そのまましばしレベッカと見つめ合い……折れたのはレベッカの方だった。

「ハァ、わかったよ。確かにアンタみたいなのを船に残したら、何をされるかわからないからねぇ。じゃ、行くのはこの四人だ。アンタ達、船は頼んだよ？」

「任せてください。姐さんもお気を付けて」

「だから船長って呼びな！　ったく」

お決まりのやりとりをした船員の頭をレベッカがペシッと叩いている間にも、小舟の用意ができる。俺達はそれに乗り込むと、そのままゆっくりと島の方へと近づいていった。

「ヒャッホウ！　俺様が一番乗りだぜ！」

そうして小舟が砂浜に辿り着いた瞬間、オールを放り出したピエールが真っ先に島へと上陸する。そのあまりにも「らしい」行動に、俺達に浮かぶのは苦笑いだ。

「そんなガキみたいなことを……ピエール、アンタ自分が幾つかわかってるのかい？」

「何言ってやがる！　この俺様が最初に上陸して危険がないのを確かめてやったんだ、感謝されても文句言われる筋合いはねぇぞ！」

「はいはい……ったく。仕方ない男だねぇ」

「ふふ。エドはひゃっほーってしなくていいの？」

「……当たり前だ」

「おいおい、強がるなよ新入り！　一緒にヒャッホウしようぜぇ？」

「うるっせーな！　しねーったらしねーんだよ！」

「ふーん？　なら私はしちゃおうかしら？　ひゃっほー！」

「あ、おま⁉　ぐぅぅ……………ヒャッホウ！　未知の無人島！　冒険の始まりだぜぇ！」

「ハァ……アタシはガキのお守りを引き受けたつもりはないんだけどねぇ」

俺達三人がヒャッホウするなか、レベッカだけが冷静に船から下りる。その後は万一を考えて小舟を陸地に引き上げてから、俺達は改めて島の様子を確認した。

「ふむ、こりゃ間違いなく人の手が入ってるねぇ」

「そうね。道があるし」

砂浜の向こうは森になっているのだが、そこには何と石畳の敷かれた道が続いていた。隙間から草が生えているし欠けている部分なんかもあるので、かなりの長期間手入れされていないのはわかるが、それでもここにかつて人が住んでいたのは間違いないだろう。

「だが、人がいたっていうなら間違いなくお宝があるってことだ！　よーしお前等、俺様に続け！」

「ピエールが仕切るのかよ。まあいいけど、罠とか気をつけろよ？」

「誰に向かって言ってんだ新入りぃ！　俺様は百戦錬磨の大海賊、ピエール様だぞ！　罠如きに引っかかるはずが…………まあどうしてもって言うなら、お前に手柄を譲ってやってもいいぜ？」

「お前本当にいい性格してんな……なら行くか」

結局俺が先頭になって、一行は道を歩いていく。ちなみに俺の横にはティアがいて、その後ろがピエール、最後尾がレベッカだ。そのまま軽い雑談なんかをしつつ進んでいくと、何故かティアの表情が険しくなっていく。

「どうしたティア？　何かあるのか？」

「うん。何かあるっていうか、何もないのよ」

「あーん？　何言ってんだ嬢ちゃん？」

「だから、ないの！　これだけの森があるのに、周囲から動物の鳴き声が全然しないの。精霊の力も変な感じだし……ひょっとして、ここって生き物が全然いないんじゃないかしら？」

「そう言われてみれば、音も気配も何もないねぇ」

ティアの指摘に改めて周囲に意識を巡らせれば、確かにそこには何の気配もない。

「石畳か森の中に、魔獣よけでも仕込んであるんじゃねぇのか？　あれ、確か狼とかイノシシとかの普通の動物にもそこそこ効くんだろ？」

「臭いを出すようなやつだと、確か効いたはずだけど……どうする？　確認するかい？」

「……いえ、いいわ。気にはなるけど、まずは道の先を確認する方がいいでしょ？」

「だな。そこで何もなかったら、改めて調べてみるってことで」

あからさまな異常ではあるが、その原因が道の先にある可能性は十分に高い。なら最初に確認すべきは、そこにある何かだろう。

そうして俺達は、不気味な静けさが満ちた森をドンドンと歩いて行く。そうして一時間ほど進むと、目の前に苔むした石造りの建物が姿を現した。

「これは……遺跡かい？　普通の住居って感じじゃないねぇ」

「本当。神殿とかそういう感じかしら？」

「一応聞くけど、これって――」

「中に入るに決まってるだろ！　ほら行け新入り！」

「また俺かよ⁉　いや、いいけどさ……何があるかわからねーから、全員慎重に頼む」

俺の言葉に、三人が真剣な表情で頷く。ティアやレベッカは勿論、ふざけたことばっかり言ってやがるピエールも、これで本当に歴戦の海賊だ。全員の気が引き締められて空気がピリリと緊張し、俺は念のため〈不落の城壁〉を発動しながら遺跡へと足を踏み入れる。

「明かりは……まあないよな。ティア、頼む」

「わかったわ」

外は蒸し暑いような感じだったが、遺跡の中はひんやりと冷たく暗い。二人の前で〈彷徨い人の宝物庫〉からランタンを取り出したくなかった俺の頼みに、ティアがすかさず光の精霊魔法を詠唱してくれる。

「光を集めて照らすのは黄を讃える満月の玉、鈍の光を宿して象る一対二眼の精霊の瞳！暗きを挫き瞬き光れ！　ルナリーティアの名の下に、顕現せよ、『フェアリーライト』！」

魔法は無事に発動し、ティアの手から光の玉がふわりと浮き上がる。すると人が二人並べる程度の幅の通路が一気に明るさに満ち、壁や床の状態がはっきりと確認できるようになった。

「中の様子も、とりあえず外と同じか……ティア、通路の奥は照らせるか？」

「勿論！」

俺の頼みに、ティアが光の玉を奥へと移動させていく。だが入り口から五メートルほどの距離に達すると、不意に光の玉が弾けて消えてしまった。

「あっ⁉」

「消えた⁉　ティア、平気か⁉」

「ええ、大丈夫よ。でも今の手応えだと、ちょっと明かりを飛ばすのは無理かも」

「何かわかったのかい？」

「うーん、多分だけど、結界みたいなものが張られてるんだと思う」

「そっか。なら……」

「ここは俺の出番だな！」

そういうことなら、多少不自然でも腰の鞄からランタンを取り出したことにしよう……と俺が考えたところで、何故かピエールが歩み出てきた。左手の鉤爪を顔の高さまで持ち上げると、右手の人差し指でピンと弾く。すると……

「ほっ！」

「えっ、光った⁉」

ピエールの鉤爪が、突如として光り始めた。その光量は通路内を照らすには十分で……え、何これ凄い。

「うわっ、光った⁉　見て見てエド、鉤爪が光ってるわよ⁉」

「あ、ああ。光ってるな」

「ピエール、アンタそんな仕掛けまで仕込んでたのかい？」

「ヘッヘッへ、俺の鉤爪は特別製だって言ったろ？　全七種類のスゲェ機能が満載なんだよ！」

「七つの特殊機能……っ⁉」

特別でかいわけでもないあの鉤爪に、伸びる魔法のロープと照明の他に、更に五つも機能があるのか……うわ、スゲー気になる。あと割と欲しい。

「な、なあピエール。その鉤爪なんだけど……」

「まったく、本当に男ってのは馬鹿ばっかりだねぇ。ほら、照明があるって言うなら、今度こそアンタが先頭を歩きな」

「チッ、仕方ねぇな。なら俺様が直々にテメェ等を導いてやるから、一番いいお宝は譲るんだぜ？」

「御託（ごたく）はいいからさっさと歩くんだよ！」

「ぐへっ!? テメェ、レベッカ！ 蹴るんじゃねぇよ！ 俺のケツはテメェと違ってでかくねぇんだからな！　痛い痛い！　本当に蹴るなって！」

「？　どうしたのエド？」

「……いや、何でもない」

ほんの少しだけガッカリした気持ちを胸の奥にしまい込み、俺は遅れないようにピエールの後を着いていった。幸いにして遺跡に罠はなかったようで、ほんの一〇分ほどで俺達は行き止まりに辿り着く。

「おぉう、こいつぁスゲェぜ！」

「確かに、こりゃ随分と期待を持たせてくれるねぇ」

そこにあったのは、精緻な模様の彫り込まれた両開きの扉。これだけでも持って帰ればかなりの値がつきそうなだけに、その奥にあるであろうナニカには、自ずと期待が高まっていく。

「よーし、早速お宝とご対面だ……ふぎぎぎぎ…………っ！」

ピエールが扉に両手を……片方は鉤爪だが……ついて、力を込める。だが扉はびくとも

しない。

「何だこりゃ、開かねーぞ!? おい新入り！ お前も押せ！」

「いいぜ。よっ…………ぐぐ…………」

「ふんぬーっ！」

俺とピエールの二人がかりで押しても、やはり扉は開かない。手応え的には重いというより、ガッチリ固定されている感じだ。

「こりゃ開かねーな。取っ手がないから引くわけでもねーだろうし……」

「これだけ立派な扉だし、開くための仕掛けとかがあるんじゃない？」

「だな。少し調べてみるか」

期待させるだけさせて開かない扉を前に、俺達は周囲を調べていく。だが通路はここまで一本道で、特に目を引くようなものはなかった。石製の壁や床を押したり引いたり叩いたりしてみても、これといった反応はない。

「うーん、こりゃ厳しいな……」

正直、見つかる気がしない。こうなれば、これを作った奴には悪いが少々イカサマを使わせてもらうとしよう。

「現れろ、〈失せ物狂いの羅針盤（アカシックコンパス）〉。捜し物は、この扉を開く仕掛けだ」

　俺はレベッカやピエールの視線が外れていることを確認しつつ、壁の方を向いてこっそりと追放スキルを使う。するとそこにはズバリ答えが……おぉぉ？

「あー、船長。ちょっといいですか？」

「ん？　何だい？」

「ちょっと船長も、あの扉を押してもらえます？」

「アタシがかい？　アンタ達二人で開かなかった扉を、アタシの力で開けられるわけないじゃないか」

「いやいや、そこはほら、試しですよ。船長の次はティアにも押してもらいますから。これだけ探しても何の仕掛けも見つからないってことは、開くための条件があるかも知れないでしょ？　例えば、女性しか開けられないとか……」

（あるいは、勇者しか開けられない、とかな）

「……ふむ？　言われてみれば、そういうこともあり得る……のかい？　ま、試すくらいは構わないけどね」

　おそらく正解だと思われる部分を呑み込んだ俺の言葉に、レベッカが軽く首を傾げてから扉に手をかける。そうしてグッと力を込めると、突如として扉の模様に光が走り、分厚い石の扉が重い音を立てて勝手に開いていった。

「うぉぉぉい!?　何だそりゃ!?　何で勝手に開いてんだよ!?」

「知らないよ！　アタシはただ、ちょっと力を入れただけで……」

「ははは、まあ開いたならいいじゃないですか！　それよりほら、中はどうなって――」

開かれてく扉の向こうを見て、その場の全員が言葉を失う。あまりにも冷たく澄んだ空気に満たされた部屋に浮かんでいたのは、小さな火が先端に灯されたままの長いロウソクが取り付けられた、三つ叉の銀の燭台であった。

「ねえ、エド。私こういう空気に覚えがあるんだけど……」

「奇遇だな、俺もだ」

窓があるわけでもない遺跡の最奥、ついさっきまで完全な密室だったはずなのに、そこに広がるのは何処までも清廉な気配。あの時は外……森の中だったからそう気にはならなかったが、こういう場所であればどんな馬鹿でも違いがわかる――

「おそらくこれが、伝説にある灯火の――」

「何だよ、どんなスゲェお宝かと思ったら、ただの燭台だと!?　光るだけだったら俺の鉤爪の方が上等じゃねぇか！」

……どうやらわからない奴もいるらしい。悪態をついたピエールが無造作に室内へと踏み入ると、躊躇うことなく燭台に向かって手を伸ばす。

「お、おいピエール⁉　ちょっと待てって！」

「うるせぇ！　お宝は早い者勝ちだって言ったじゃねぇか！　……言ったのはレベッカだったか？　とにかくこんなもんでも多少の金には……うぁっちぃぃぃ⁉」

その手が燭台に触れた瞬間、ピエールが大声を上げて即座に手を引っ込める。フーフーと右手に息を吹きかけているので、どうやらかなり熱かったらしい。

「くっそ、何だコリャ⁉　なら鉤爪で引っかけてやりゃ……うぁっちぃぃぃ⁉」

「ピエール……アンタ本当に、底なしの馬鹿だね……」

ほんのり赤熱した鉤爪を振り回すピエールに、レベッカが心底呆れたような声を出す。そりゃ生身よりは熱に強いんだろうけど、ああなっちまったらむしろ生身よりヤバいんじゃないか？

「水！　水！　水かけてくれ！　頼む！　ひぃぁぁぁ！」

「仕方ねーなぁ。ティア、水出してやれよ」

「うん……って、駄目よ！　私ここだと精霊魔法が使えないわ！」

「あ、そう言えばそうだったか。どうすっかな」

「早く！　この際小便でも何でもいいから、とにかく何かかけてくれ！」

「誰がそんなことするかい！　人に頼む前に、アンタが自分の持ってる酒でもかけりゃいいじゃないか！」

「ああ、そうだった⁉　くっそ、これ高かったのに……っ！」

レベッカに指摘され、ピエールが懐からスキットルを取り出して、その中身を鉤爪にかけていく。すると熱せられた琥珀色の液体からプゥンと酒の臭いが漂い……あー、確かにこりゃ酒精の強い、割といい酒だな。

「ふぅう……ヒデェ目に遭ったぜ……」

「自業自得だよ。でも、そんなに熱いとなると、どうしたもんかねぇ」

未だにプカプカと浮いている燭台は、見た目には値打ち物という感じはない。が、こんなところで宙に浮いている、しかも触ると火傷するほど熱い燭台が、見た目通りにただの燭台であるはずがない。

「ねえ船長。これ、船長が取ってみません？」

「は？　何言ってんだいエド⁉　このアタシに、ピエールみたいな間抜けを晒せっていうのかい？」

俺の提案に、レベッカが怪訝な顔を向けてくる。なおその横ではピエールが何かほざいていたが、そっちは完全に無視しておく。

「そういうわけじゃないですよ。でもほら、ここへの扉だって船長が押したら開いたじゃないですか。なら船長なら手に取れるんじゃないかなーって」

「それは……」

「それに、こんなところまで来て……しかもいかにもお宝って物を前にして、ピエールの間抜けな踊りだけ見て帰るのは、流石に勿体ないじゃないですか」

「ぐっ、それもそうだね……」

「黙って聞いてりゃ、どいつもこいつも人を間抜け呼ばわりしやがって――」

「どうどう！　落ち着いてピエールさん！」

「ほら、だからやってみましょうよ！　船長が駄目だったら、俺とティアも挑戦します。それで駄目なら……それはまたその時に考えるってことで」

「うーん……よし、いいだろう。熱いってわかってりゃすぐに手を離せばいいんだし、とりあえず触るくらいはしてみるかねぇ」

「おお、やれやれ！　で、テメェも無様に転げ回りやがれ！」

「ピエールさん！」

騒ぐピエールとそれを宥めるティアをそのままに、説得に応じてくれたレベッカが燭台へと手を伸ばしていく。その指先が確かめるように数度触れたり離れたりを繰り返してからゆっくりと燭台を握りしめて……

「うん？　別に熱くも何ともないよ？」

「ハァァ!?　何だよそりゃ、ズリィだろ!?　何でレベッカだけ!?」

「知らないよそんなこと！　にしても、こいつは一体……って、そう言えばエド、アンタさっき何か言いかけてたね？　ひょっとしてこれが何だか知ってるのかい？」

「知ってるというか、思い当たるものはありますよ。そもそも船長だって、これに思い当たるものがあるんじゃありません？」

「……いや、でもそれは」

「多分それが、勇者が持ってたっていう『灯火の剣』ですよ」

「ナニィイイイイイ!?」

俺の言葉に、何故かレベッカではなくピエールが奇声をあげる。それと同時に目にもとまらぬ速さで鉤爪が振るわれ、燭台を引っかけようとしたようだが……

「うぁっちぃいいい!?」

「ピエール、アンタ……」

「何だよその目は!?　そんなスゲェお宝だったら、奪い取るに決まってるじゃねぇか！　俺はバロック海賊団の船長、ピエール様だぞ!?」

「いや、行動原理はわかるけど、触ったら熱いってのもわかってただろ？」

「わかってたって、男にはやらなきゃならねぇときがあるんだよ、新入りぃ！」

「それ、絶対今じゃねー気がするけど」

「はいはい。わかったから、ピエールさんは私と一緒に、少しあっちで大人しくしてましょうね？　鉤爪、また熱くなっちゃったでしょ？」

「猫なで声を出すんじゃねぇよ小娘が！　まあ確かにアチィけどよ……」

ティアに引っ張られるように、ピエールが部屋から出て通路の方に移動していく。その目はチラチラとこっちを……レベッカの持つ「灯火の剣」を見ていたが、流石に四度目はないらしい。

「ハァ、まったく……にしても、これが灯火の剣、ねぇ……エド！」

「何ですか船長？　って、あっつ⁉　ちょっ、何するんですかいきなり⁉」

レベッカが無言のまま、灯火の剣を俺の頬に押し当ててきた。ほんの一瞬触れただけだというのに、ヤバいくらいに糞熱い。

「あっつ⁉　え、何これ熱っ⁉　大丈夫ですかこれ？　俺火傷とかしてません⁉」

「あ、ああ。少し赤くなってるくらいで、平気だよ……悪かったね、まさかそこまで熱いとは思わなかったんだよ」

「マジで勘弁してくださいよ！　いや、確かに俺もこんなに熱いとは思いませんでしたけど」

　ピエールの熱がり具合はちょっと大げさなんじゃないかと思っていたが、どうやらそういうわけではなかったらしい。一瞬頬の肉が焼けて溶け落ちたかと思ったぜ……灯火の剣マジヤバい。

「でもそうすると、これはアタシしか持てないってことかい？　いや、ティアにも試してなかったね」

「絶対駄目ですよ⁉　ティアに同じ事しようとしたら、本気で止めますからね？」

「冗談(じょうだん)だよ。やりゃしないから、剣に手をかけるのはやめとくれ」

「ならいいですけど……俺の方は冗談じゃないですから、そのつもりで」

「悪かったよ、ちょっとふざけすぎた」

　俺の言葉の奥に本気を感じ取ったのか、レベッカが普通(ふつう)に謝罪してくれた。なので俺も警戒態勢を解くと、レベッカが改めて手の中の燭台を見つめる。

「アタシが触ると開く扉の奥に、アタシなら持てる伝説の武器……なあエド、こりゃどういう風に解釈(かいしゃく)したらいいと思う？」

「普通に考えたら、船長が勇者ってことじゃないんですか？　血を引いてるのか特別な資格を満たしたのか、それとも他に条件があるのかはわからないですけど」

「勇者、勇者ねぇ……アタシは海賊だよ？　どう考えたって勇者って柄じゃないだろ？」

「そうですか？　霧に閉ざされた世界を切り拓く海の戦士ってことなら、むしろ海賊が勇者ってのはピッタリだと思いますけど」

「そんなもんかい？　ふふ、そうかねぇ……」

そんなことを呟きながら、レベッカが微笑む。幸せそうな顔つきなれど、その目は何処か遠くを見つめているようだ。

「ふぅ、まあいいか。勇者云々は置いておいても、とにかくお宝は手に入ったんだ。なら、そろそろ船に戻るかね」

「わかりました」

満足げに笑うレベッカについて部屋を出ると、すぐそこにいたティアとピエールの二人と合流し、そのまま俺達は遺跡を出た。するとそこに広がっていた景色が一変しているのに、否が応でも気づかされる。

「スゲェ霧だな。こりゃ何も見えねーぞ？」

辺り一面に、とんでもなく濃い霧が立ちこめている。それは腕を伸ばすと指が見えなくなるほどで、隣にいるティアは見えても、その隣のピエールは霞んでしまうほどだ。

「どうするエド？　遺跡から出たから精霊魔法は使えると思うけど」

「何言ってんだティア、そんなことしなくても、ピッタリの物がもうあるだろ？　ねえ、船長？」

「あぁん？　ああ、これかい？」

　俺の言葉に怪訝な表情を浮かべたレベッカが、すぐにその手に持つ「灯火の剣」に視線を落とす。

「あ、そっか！　確か『灯火の剣』は霧を晴らす力があるのよね？」

「そうそう。それが本物か確かめるためにも、使ってみたらどうですか？」

「使うったって、どうすれば……こんな感じかい？」

　戸惑いをそのままに、レベッカが手にした「灯火の剣」を振るう。すると辺りに立ちこめていた霧が、あっという間に晴れてしまった。

「うぉぉ、スゲェじゃねぇか！　まさかそれ、本当に『灯火の剣』なのか⁉」

「さあねぇ？　ただ少なくとも、霧を払う効果のある魔導具ってのは間違いなさそうだ」

「くそっ、くそっ！　俺だって苦労したのに、何でお前だけがそんなスゲェお宝を手にできるんだよ⁉　もっとよく探せば、その辺に『灯火の鉤爪』とかもあるんじゃねぇか？」

「それは流石にないんじゃないかしら？　ねえエド？」

「ない、だろうなぁ」

常識的に考えれば、まあないだろう。万が一存在したら、間違いなくピエール専用の装備なんだろうが……ないな、うん。ただ一応、〈失せ物狂いの羅針盤〉で探すのはやめておこう。もしあったらどんな顔していいかわかんねーしな。

「まあピエールはいいとして。船長はこれからどうするんです？」

「ん？　どうってのは？」

「だから、勇者として名乗り出たりしないんですか？　その剣があれば、誰も船長の言葉を疑ったりしないと思いますけど」

この場では濁した言葉しか言っていないが、俺はレベッカが勇者だと知っている。ならばあの「灯火の剣」は、間違いなく勇者であるレベッカ専用の武器だろう。霧を晴らす力もあっさりと発現したし、であればレベッカが「自分は勇者だ」と主張すれば、誰であろうと認めざるを得ないだろう。

だがそんな俺の問いを、レベッカは大口を開けて笑い飛ばす。

「ハッハッハ！　何言ってんだい。そんな面倒なこと、このアタシがするわけないだろう？確かにこの剣があるなら魔王ってのもいるのかも知れないけど、顔も知らないお偉い王様のご機嫌を窺いながら魔王を倒すなんてまっぴら御免だよ。

アタシはこれからも、気楽な海賊稼業を続けるさ。ま、この剣のおかげで霧の海を渡れるっていうなら、今回みたいに今まで誰も辿り着けなかった宝島なんてのを探すのは楽しそうだけどねぇ」

「うぉぉ、そいつぁいいじゃねぇか！　おいレベッカ、それ俺にも一枚噛ませろ！　今回はテメェに譲ったが、次こそは俺がお宝をもらうぜ！」

「ハァ？　ピエール、アンタまだついてくるつもりなのかい？」

「ここまできたら一蓮托生だろうが！　お前の儲けは俺の儲け、俺の儲けは俺の儲けだ！　鉤爪を耐熱素材に作り替えたら、その剣も俺が大事に預かってやるぜ？」

「うわー、それをここで言っちゃうんだ」

「普通思ってても言わねーよなぁ」

「まったく……ま、アタシの気が変わらない間は好きにすりゃいいさ。実際霧の海を航海するなら、もう何隻か船を集めて船団にしたいところだしねぇ。

　それに海は広いんだ。アタシ一人が何もかも独占できると思うほど、思い上がっちゃいないよ」

「ヒャッホウ！　そうこなくっちゃな！　なら次の目的地は、俺の船を回収するためにジーベックの港だな！　おいテメェ等、何をグズグズしてやがる！　さっさと俺達の船に戻るぞ！」

「戻るのはアタシのスカーレット号だよ！　あんまり調子に乗ってると、またコイツを押し当てるからね！」

「ヒエッ⁉　そ、そいつは卑怯だろ！　……ほら、甲板とか磨くぜ？」

おどけたように飛び出すピエールを、苦笑しながらレベッカが追いかけていく。そんな二人を俺とティアも追いかけて歩き出すと、ティアが俺に話しかけてきた。

「ねえエド。結局あの二人って、どういう関係なのかしら？　こうして見ると凄く仲がよさそうだけど……でも実際には、本気で殺し合ったりもしてるのよね？」

「だな。ま、一〇年来の商売敵ってなりゃ、色々と複雑なんだろ」

きっとそこにあるのは、単純な敵や味方なんて感情じゃない。必要ならば相手を殺すことだって選ぶのに、自分以外の誰かが相手を殺したら気に入らないし、死んでいなくなればひっそりと寂しさを覚える……それを何と呼ぶのかは、きっと当人達にだってわからないことだろう。

「ま、見てる分には面白いってことでいいだろ」

「何それ？　フフッ」

適当な俺の答えに、ティアが楽しげに笑う。こうしてクラーケン退治から続いた大冒険に一区切りをつけた俺達は、雑談を楽しみながら船へと戻っていくのだった。

終章 そして新たな世界へと

その後は特に何事もなく、俺達は無事にスカーレット号まで辿り着くと、約束通りピエールをジーベックの港まで送り、以後は気ままな海賊稼業が再開した。レベッカ本人が言っていた通り、いくら霧を払う伝説の剣が手元にあるからといって、何があるかもわからない未開の海を探索するには、準備も人員も何もかもが足りないからだ。

ならばこそ、レベッカ本人は剣を手に入れる前と何も変わらなかった。逆に変わったのは、周囲の反応だ。

「お前がレベッカか？　随分と大層なお宝を手に入れたらしいが……そいつはお前には分不相応だ。黙って俺達に渡すって言うなら、この場は見逃してやってもいいぜ？」

「ハッ！　海賊が何を甘っちょろいことを言ってんだい！　欲しいモンがあるなら力ずくで奪い取る！　それができないようなタマナシがアタシからお宝を奪おうなんて、一〇年早いよ！

さあアンタ達、腰抜け共に海賊の流儀を叩き込んでやりな！」

「「「オーッ！」」」

レベッカの号令を受け、船員達が一斉に剣を抜く。今まで海賊同士の交戦なんて数えるほどしかなかったのに、剣を手に入れてしばらくしてからは、下手すりゃ週に一度は襲われる。それほどに「灯火の剣」というのは魅力的なんだろう。

「オラオラ、どうした？　そんなもんか？」

「くそっ、何だコイツ、えらく強いぞ⁉」

「吹き飛びなさい！」

「うわぁぁぁぁ⁉」

もっとも、元々それなりの精鋭が揃っているレベッカの船に、今は俺とティアも乗っているのだ。普通の海賊なんかに負けるはずもなく、俺達は連戦連勝。レベッカの「海賊喰い」の肩書きは確固たるものとなり、三ヶ月もすれば襲ってくる海賊はいなくなった。代わりに来るようになったのは……何と商船である。

「おお、貴方があの有名なレベッカ船長ですか！　是非握手をしてください！　あと、宜しければ『灯火の剣』の実物を見せていただきたいのですが……」

「ああ、いいよ。ただし……」

「勿論、それなりのお礼はさせていただきます」

満面の笑みを浮かべて手を差し出してくる男に、レベッカは苦笑しながら握手を返す。それからいつも帯剣するように腰に佩いている燭台を手に取れば、消えていたロウソクの先にポッと火が灯り、辺りに温かな光が溢れだした。

「おぉぉぉぉ、これが…………何というか、こうして見る分にはごく普通の燭台ですな？」

「ああ、アタシもそう思うよ。霧でも出てりゃ、こいつをひと振るいして晴らしてみせてやるんだがねぇ」

「ははは、ではもっと早朝にでも来るべきでしたかな」

「あともう一つ、これが本物らしいって証明する方法もあるんだが……そっちは正直あんまり勧めないよ？」

「ほう？　それは一体、どんな？」

「何かこれ、アタシ以外の奴が触るとえらく熱いらしいんだよ。何なら触ってみるかい？」

「よろしいのですか？　では、ちょっと失礼して……あちっ⁉」

「ははは、そういうことだよ」

触れた指を慌てて引っ込めた男を見て、レベッカは笑いながら自分も同じ場所を触る。そうすることで自分は本当に熱くないのだと示しているわけだ。

「なるほど。私としては是非ともこれを売っていただきたいところでしたが……」

「まあ、無理だろうねぇ。前に氷を詰めた箱を持ってきた奴もいたけど、こいつを入れてアタシが手を離した瞬間、周りの氷があっという間に全部溶けちまったうえに、箱まで燃えそうになったことがあってね……あれは久々に焦ったよ」

「何と、そんなことが？　それは確かに諦めた方がよさそうですな」

苦笑した男が、剣を見せた礼金を置いて自分の船に戻っていく。その後は船が離れていくのを確認すると、レベッカが大きなため息をついた。

「ハア、やっと行ったかい……全く面倒なことだよ」

「お疲れ様です船長」

「ああ、アンタかい。その通りだよ。ちょっと威嚇するくらいじゃしつこくつきまとってくるし、かといって沈めたりしたら、それを口実に軍艦が出てきて剣を奪いに来るだろうからねぇ。ああ、本当に面倒だよ……エド、船長命令だ。アタシの肩を揉みな」

「ええ、喜んで」

女性にしてはやや大柄なレベッカの身長は、俺とほとんど変わらない。肩に手を置き力を入れればギュッと固い感触が返ってきて……うわ、こりゃ相当凝ってるな。

「あー、いいね。もうちょっと強く」

「駄目ですよ船長。強く揉み過ぎると筋肉を痛めちゃうんで、このくらいで我慢してください」

「何だいそりゃ⁉　アンタ本当に妙なことばっかり詳しいね」

「そういう知り合いがいたんですよ」

　こと筋肉に関する知識で、ゴンゾのオッサンから聞いた話に間違いはない。俺がそのまままゆるく肩を揉み続けると、レベッカの方から声をかけてきた。

「そう言えば、先週辺りでアンタ達がこの船に来て、確か半年だったねぇ。どうするんだい？」

「そう、ですね……なら次に何処かの港に寄ったら、そこで船を下ろさせてもらえます？」

「いいけど……アンタのお仲間とやらの状況を確認してからでなくていいのかい？」

「ええ、まあ。何というか……ほら、この船が予想を遙かに超えて有名になっちゃったんで」

「あー、そりゃ確かに……今となっちゃ、この船に乗ってるだけで注目の的だろう。わかった、好きにしな」

　肩を揉んでいた俺の手を振り払うようにして、レベッカがその場を立ち去る。一体彼女が何を思っているのかは、俺には知る由もない。ただ俺が下船するという話はすぐに船中に伝わったようで、それから港に着くまでの数日は、半年共に過ごした仲間達と様々な言葉を交わして過ごすことになった。

「何だよエド、お前船下りちまうのか!?　カーッ、勿体ねぇ！　これからって時なのに」

「悪いな、でも最初から決めてたことだからさ」

「そういや最初の頃に、そんなこと言ってたよな。確かに最近は随分金回りもいいし、船を下りて真っ当な生活に戻るってのもアリか……」

「ギャッハッハ！　何言ってやがる！　テメーが船を下りたって、稼ぎを全部娼館の女につぎ込んで、三日で出戻りするのがオチだぜ！」

「ちげぇねぇや！」

軽い送別会のようになった夕食時。俺の周囲では顔なじみになった荒くれ達が笑いながら酒を呷る。それはティアの周りでも同じで、鼻の下を伸ばした海賊共が最後の機会とばかりに群がっている。

「そっか、ティアちゃんも下りちまうのか……寂しくなるなぁ」

「なあティアちゃん。最後の思い出に、その……耳とか、ちょっと触ったら駄目か？」

「み、耳!?　そのくらいならいいけど……ちょっとだけよ？」

「やったぁ！　なら遠慮なく……うぉぉ、プニプニだぜ！」

「ひゃっ!?　もう、くすぐったいわ！」

「テメェ、何て羨ましい……よし、なら俺は尻を……うぎゃあ!?」

「触らせるわけないでしょ！　はいもうおしまい！　これ以上するなら海に沈めて頭を冷やしてあげるわ！」

「ひぇぇ、おっかねぇ！　でも海の女はそうじゃなくちゃな！」

思い切り臑を蹴り上げられてぴょんぴょん跳びはねている奴ですら、皆が笑ってそこにいる。ああ、やっぱりこの船の居心地は、思ったよりも悪くない。

そうして楽しい夜が過ぎ、何処か名残惜しく感じるようになった雑用をこなし……やがて船はとある港に辿り着く。何の変哲もないその場所が、俺達にとっての最後の場所だ。

「ここでいいのかい？」

船に乗ったままのレベッカが、港に立つ俺達にそう声をかけてくる。僅か数歩で埋まる距離が、今はもう果てしなく遠い。

「ええ。この半年で、こっちも色々やってましたんで……多分大丈夫だと思います」

「そうかい。ま、アタシには関係ない話さね。実際どれだけ調べても、アンタ達のことは何もわからなかったからねぇ」

「へへへ……」

肩をすくめるレベッカに、俺は愛想笑いで応える。そうとも、何処までいったって、嘘にまみれた俺達では本当の仲間にはなれないのだ。

「お世話になりました、船長さん」

「別にアタシは世話なんてしてないよ。アンタ達が勝手に乗ってきて、勝手にはしゃいでただけさ。

だから何も気にすることはない。好きに出てきゃいいし……好きに戻ってきたって構わないよ」

「船長さん……」

「そんな顔するんじゃないよ！　海賊なんて因果な商売だ。戻ってこないならそれに超したことはない！　でもねぇ、人生に正解なんてもんはないんだ。馬鹿正直に死ぬより、逃げて生き延びた方が楽しいことだってあるさね。特にこれから先は、ね」

「船長？　それってつまり……」

「ああ。餌に寄ってくる商人共と、いい具合に渡りをつけてある。もう半年くらいかけて準備を整えたら……アタシ達は外に出る」

腰の燭台をポンと叩いて、レベッカがニヤリと笑う。燃える瞳は好奇心にキラキラと輝いていて、これ以上ないくらいに魅力的だ。

「うわ、遂に霧の海に漕ぎ出すのね⁉　あー、私も行きたかったなぁ」

「おいおい、無茶言うなよティア。それは流石に……」

追放に必要な条件は「勇者パーティに半年以上所属すること」なので、その冒険に同行することは可能ではある。が、そこまで深入りしてしまうと今度は追放されるのが難しくなっていくし、何より関係性が深まれば深まるほど……別れというのは辛くなる。

「わかってるわよ。言ってみただけ」

「ハッハッハ！　一緒に来ないってのは残念だけど、そう悲観することはないよ。何せアタシ達の活躍は、世界の何処にいたってわかるだろうからね」

「おお、大きく出ましたね？　なら船長の活躍を楽しみにさせていただきます」

「アタシの方も、アンタ達が何処で何をやらかすのか、楽しみにしておくよ」

「うぐっ⁉　いや、それは………多分表には何も出ないと思いますけど……」

「そうなのかい？　なら知らせが出ないことをいい知らせってことにしておくかね。さて、それじゃそろそろ時間だ……エド！　ティア！　たとえ半年だけだったとは言え、アンタ達はアタシの船に乗った、立派な海賊だ！　偉そうにふんぞり返るだけの他人の都合なんざ知ったことじゃない！　自分の好きなように生きな！　アンタ達二人の下船を許可する！」

ピコンッ！

『条件達成を確認。帰還まで残り一〇分です』

俺の頭の中に、一〇〇回以上聞いた声が響く。それと同時に目の前のタラップが上げられ、レベッカの乗るスカーレット号がゆっくりと港を離れていく。

「幸せになりなよ！」

最後にそんな大声を残して、レベッカ達は去っていった。その行く先にどんな冒険が待っているかは……きっともうすぐわかることだろう。

「フフッ。ねえエド、幸せになりなさいだって」

「だな。思いっきり勘違いなんだが……」

「あら、そうでもないでしょ？」

「えっ⁉」

不意にティアが、俺の腕を取って抱きついてくる。美しい翡翠の瞳が俺を見上げ、その顔にはほにゃっとした笑みが浮かんでいる。

「だって私、今とっても幸せだもの。エドは違うの？」

「……ははっ。そうだな、幸せだ」

ティアと二人で、異世界を巡る。これほど楽しく心躍る日々が、幸せでないはずがない。それはレベッカの思い浮かべた関係とは異なるだろうが、願ってくれた幸せの形としては最上級だろう。

「じゃあな、船長。アンタとの旅、楽しかったぜ」

最後に小さくそんな呟きを残し、俺達はこの世界から「追放」されていく。船倉の木箱から始まった大冒険は、こうして潮風と共に幕を下ろすのだった。

『世界転送、完了』

「はぁ、今回も何とか無事に終わったな」

無機質な声と共に俺の視界には見慣れた白い世界が広がり、やり遂げた充実感と解放感に大きく背伸びをする。横を向けばそれはティアも同じようで、初めてだった前回に比べれば幾分スッキリした表情を浮かべている。

「終わってみれば、今回も大冒険だったわね。最初の頃は、このまま最後まで船底で野菜を剥き続けるのかなーって不安になってたけど」

「ふっふっふ、実は一周目の時だったら、割と本気でそんな感じだったぞ？」

「えぇ……エドはよく我慢できたわね？」

「ま、あの頃は今と違って、選べる未来なんて何にもなかったからな」

多少戦い慣れている程度じゃ、日々海という過酷な環境で戦い続けている海賊達相手にでかい顔なんてできるはずもない。下っ端根性を全力で発揮して野菜を剥き、甲板を磨くというのが一番無難な生き方だったからなぁ。

「まあでも、おかげで今回は世界が前に進みそうだ」

「そうね。ほら、早くあの本を読みましょ！」

「おう」

弾むような足取りで……実際耳を弾ませてテーブルの方に移動するティアを、俺は笑顔で追いかける。そこにはちゃんと「勇者顛末録」が存在しており、期待に目をキラキラと輝かせるティアを横に、俺は徐に本を開いてページをめくっていく。

「へぇ、船長さんって二代目なのね？」

「みてーだな。まあ予想はしてたけど」

「予想？　何で？」

「いやだって、あの歳であの船は無理だろ。乗ってる船員達も金や権力でかき集めたって感じじゃなかったし」

正確な年齢を聞いたことはないが、外見からしてレベッカの歳は三〇歳ちょいくらいだと思う。その若さの女性があれだけの船を手に入れるのは、親が大金持ちでもなければまず無理だろう。

それに、船員達からもしっかりと敬意と好意を集めていた。単なる無法者を金と力でかき集めたんじゃ、ああはならない。そしてその答えは、この本のなかにある。

「なるほど、子供の頃からお父さんと一緒に船に乗ってたから、あんなにみんなが仲良しだったのね」

「だな。実際若い頃のレベッカは、割と危なっかしい感じだし」

先代船長である親父さんが死んだのは、レベッカが一五歳の時。ギリギリ成人はしていたが、海千山千の海賊達の間では生まれたての赤ん坊と変わらない。

だがそれを、レベッカは古参の船員達に支えられて乗り切る。自分を大きく見せるために強がったり、成果を焦って無茶をして船や船員を危険にさらしたり……そんなレベッカが見捨てられることなく支えられたのは、偏に船員達とレベッカの間に、しっかりとした絆があったからだ。

その結果、レベッカは成長していく。無理に強がったりせずとも十分な貫禄が身につき、部下に任せることを覚えれば余裕が生まれ、海と冒険を愛する父親譲りの気質は彼女の魅力を最大限に引き出し、やがていっぱしの海賊として名を馳せるようになったのだ。

そこに勇者の要素はこれっぽっちもない。が、海賊としてのレベッカの生き様に俺達はドキドキハラハラしながら次々とページをめくっていって……気づけばあっという間に最後の項目(こうもく)。そこには俺達が船を下りた後のことが記録されていた。

――第〇〇三世界『勇者顛末録(リザルトブック)』　終章　「大広界(だいこうかい)時代の幕開け」

こうして魔王の支配を打ち破る術(すべ)を手に入れた勇者レベッカは、その後入念な準備を整え、総勢五隻(せき)による船団を率いて、遂に霧の海へとその船を漕ぎ出した。霧に閉ざされた世界には未知のお宝や貴重な発見が大量に眠(ねむ)っており、それを狙(ねら)う海賊や軍隊と時には争い、時には協力しながらレベッカは世界を切り拓いていく。

だが、レベッカがどれだけ活躍しても足りないほどに、世界は広い。齢(よわい)五〇を迎(むか)えたレベッカは「これ以上世界を独占しても、持て余すだけだねぇ」と笑い、灯火(ともしび)の剣に刺(さ)さっていた三本のロウソクのうち一本を引き抜き、とある海賊の鉤爪(かぎづめ)に使われていた技術と組み合わせることで、誰(だれ)にでも使える簡易的な「灯火の剣」を作り出した。

その分け火によって世界中の船は世界の六割を占(し)める霧を打ち払う術を手に入れ、これまで追い詰められるだけだった日々の鬱憤(うっぷん)を晴らすかのように、一気に世界が広がり始める。

世は正に「大広界時代」。今この時も海の果てでは霧が打ち払われ、世界が広がっていることだろう。海賊達の挑戦は終わらない。いつか世界を奪い尽くし、剣があるならばいるだろうと考えられる「霧の魔王」を打ち倒すその時まで。

「へー、今回は魔王を倒してないのね？」

「みてーだな。まー、でも、らしくていいじゃねーか」

よくも悪くも、レベッカは最後まで海賊だったのだろう。義憤に駆られて魔王を倒すなんてのは、それこそレベッカらしくない。

それに、灯火は繋がった。海賊らしく強欲で、海賊らしく気前のいいレベッカの振る舞いによって、世界中にその力が広がったなら、確かにここに書かれている通り、いつかは魔王の下に誰かが辿り着くだろう。

レベッカは魔王を倒す勇者ではなかった。だがレベッカだからこそ、希望を繋ぐ灯火となれた。ならそれで十分だろう。その後あの世界がどうなるのかは、それこそあの世界で生きている人々が未来を選ぶべきなのだから。

「さて、それじゃレベッカの活躍もわかったことだし……どうする？　もう次の世界に行くか？」

「あ、ちょっと待って！」

立ち上がり、本棚に「勇者顛末録」をしまい込む俺の横で、ティアがほのかに光って自己主張していた水晶玉に手を触れる。すると今度もその光がティアの中へと吸い込まれていき、その体がプルリと震える。

「あ、またもらったのか。で、今度はどんな能力なんだ？」

「気になる？」

「そりゃあな。〈二人だけの秘密〉もスゲー便利だったし、また何か使い勝手のいい能力なのか？」

「それはね……フフッ、秘密！」

「何だよそりゃ!?」

楽しそうにその場でクルリと回るティアに、俺は思わず苦笑する。だがティアは悪戯っぽく笑いながら、ベーッと舌を出してくる。

「だって、エドも次の世界の事を秘密にしてたりするでしょ？　なら私だってちょっとくらい秘密があってもいいと思わない？」

「秘密っていうか、単に忘れてるだけなんだが……何せ一〇〇年前のことだからなぁ」

「あらそう？　でも思い出した後も秘密にしてたこと、あるわよね？」

「まあな。いや、知りたいって言うなら全部話してもいいんだけど、それだと楽しく……ああ、そういうことが言いたいわけか」

「そう！　体験する前に全部知っちゃうなんて、勿体ないじゃない。だから私も、エドにドキドキのお裾分けよ」

「ははは、そう言われちゃ仕方ねーな」

二周目の冒険は、俺にとってはその多くが既知だ。だからこそ知らないことを、知る喜びを提供したいと言われたら、それを押して聞き出すのは無粋の極みだろう。

「ということは、俺も次の世界の事は秘密にしておいた方がいいわけだな」

「えっ⁉　それとこれとは別じゃない？　また箱の中に出るなら、今度はちゃんと覚悟しておきたいんだけど」

「いや、それは……」

そう言ってはみたものの、実は次の世界のことも正直よく覚えていない。が、流石に箱の中に二連続で出るなら記憶に残っているはずだ。そうでないのだから箱スタートはないと思うが……うーん？

「すまん、保証はできねーけど、流石に箱はないと思う」

「別に箱だっていいわよ？　エドと二人なら、それも楽しい思い出だし」

「そっか。ならお嬢様、今回もお手をどうぞ」

「フフッ、しっかりエスコートしてね？」

さてさて、次はどんな世界だったか？　未知と既知の入り交じるなか、体験済みの新しい冒険に胸を馳せ……俺はティアの手を握ると、次の世界への扉をくぐるのだった。

あとがき

どうも皆様、日之浦　拓でございます。「追放されるたびにスキルを手に入れた俺が、一〇〇の世界で二周目無双」の二巻を手に取っていただき、ありがとうございます。こうして間を置かず続きをお届けできるのも、偏に読者の方々の応援のおかげです。まずはそれに心から感謝したいと思います。

さて、一巻目で過去の因縁にケリをつけ、新たな世界へと旅立ったエドですが、この二巻ではいきなり二つの世界を攻略しております……ええ、二つです。サクサクですね。とは言え今回も全編書き下ろしならぬ書き直しで、文字数的にも五割増しほどになっておりますので、面白いのがみっちりと詰まっている感じになっていると思います。

ちなみに何故このような構成になっているかというと、「同じ事を繰り返すからこそ、その描写は省く」ということにしているからですね。たとえば一周目において、アレクシス達との旅は描写されていない部分の方が圧倒的に多いです。イベント一つ一つを丁寧に拾っていけば、それこそあの世界だけで書籍を何冊も描けてしまうほどです。

が、異世界を渡り歩くというこの作品の性質上、そういう「一般的な冒険」の部分は世界を重ねるごとに内容が被ってきてしまいます。今はまだ二つ三つの世界なので大きな問題にはなりませんが、これが一〇、二〇と重なれば話は別。パーティメンバーが少し違うだけで、同じような冒険を繰り返すことが多発するようになるわけです。

だからこそ、この作品では「今その世界だからこそ起きたこと」以外の描写を極力省略しています。それによってこの先幾つもの世界を巡った後でも「ああ、また同じようなことしてるなぁ」と飽きられてしまうのを防ぐ目的があるわけですね。

なので、今後も基本的には一冊の本の中に二つの世界の物語が詰まっているという形になると思います。読者さんの感想として「一つの世界をもっとじっくり読みたい」というものがあるのは理解しているのですが、そこはこの作品のコンセプトとなりますので、ジェットコースターのような勢いで流れていく世界を、エド達と一緒に楽しんでいただけたら嬉しいです。

続いては、コミカライズのお話です。帯の部分にも書いておりますが、七月二六日発売の「どこでもヤングチャンピオン　八月号」より、当作品のコミカライズが始まります！漫画を描いてくださるのは仁森島司先生という台湾在住の漫画家さんで、台詞の監修を請け負う関係上、自分は既にその原稿を拝見しているわけですが……凄いです。素晴らしいです。生き生きと動き回るエドの姿には、もはや感動すら覚えるほどです。

　基本的な流れは当然原作と同じになるわけですが、再現に拘るのではなく原作を超える勢いで序盤から派手なバトルシーンが追加されていたりしますし、作者なのに「次はどうなるんだろう？」と目が離せない珠玉の出来映えとなっておりますので、是非とも発売日を楽しみにお待ちいただければと思います。

　それでは最後に、恒例のスペシャルサンクスをば。まずは何より、今回も素晴らしいキャラデザをしてくださったＧｒｅｅＮ先生。可愛くて格好良くて、なおかつモフモフな素晴らしいワッフルやドーベンに加え、妖艶な美女となったレベッカの姿も素晴らしいです。本当にありがとうございました。

　また、今回も校正の方に色々とご指摘をいただきました。作者自身ではなかなか気づけない分かりづらい、伝わりづらいところの指摘は本当に助かります。赤ペンの沢山入った著者稿を見ると、「これこのまま出版したら、大変なことになるよなぁ」と乾いた笑みがこぼれちゃうくらいですからね。これからもお力をお借りしていきたいです。

　それに続いて、勿論当作品を担当してくださっているＡ氏にも感謝を。自分は割と物事を適当に流しがちなので、細かい部分に気づいて指摘をしてくださるのが、いつもいつも助かっております。これからも二人三脚でいい作品を作っていきたいですね。

そして最後に、この本を手に取って……あるいは電子でダウンロードして、ここまで読んでくださった読者の方々に、最高の感謝を。皆さんの応援があればこそ続刊できたわけですし、その応援が続いてくれれば更に続きも出せるかと思います。これからも面白い作品を書けるよう日々努力を続けて参りますので、引き続き応援よろしくお願い致します。

では、また次の本でお会いできるのを楽しみにしております。

日之浦　拓

HJ文庫 https://firecross.jp/
1011

追放されるたびにスキルを手に入れた俺が、100の異世界で2周目無双 2

2022年6月1日　初版発行

著者——日之浦 拓

発行者—松下大介
発行所—株式会社ホビージャパン

〒151-0053
東京都渋谷区代々木2-15-8
電話　03(5304)7604（編集）
03(5304)9112（営業）

印刷所——大日本印刷株式会社

装丁——AFTERGLOW／株式会社エストール

Printed in Japan

ISBN978-4-7986-2846-2　C0193

大学四年生⇒高校入学直前にタイムリープ!?

灰原くんの強くて青春ニューゲーム

著者／雨宮和希　イラスト／吟

高校デビューに失敗し、灰色の高校時代を経て大学四年生となった青年・灰原夏希。そんな彼はある日唐突に七年前—高校入学直前までタイムリープしてしまい!?　無自覚ハイスペックな青年が２度目の高校生活をリアルにやり直す、青春タイムリープ×強くてニューゲーム学園ラブコメ！

シリーズ既刊好評発売中

灰原くんの強くて青春ニューゲーム　1

最新巻　灰原くんの強くて青春ニューゲーム　2

HJ文庫毎月１日発売　発行：株式会社ホビージャパン

異世界と繋がりましたが、向かう目的は戦争です 1

著者／ニーナローズ
イラスト／吠L

科学魔術で異世界からの侵略者を撃退せよ！

地球と異世界、それぞれを繋ぐゲートの出現により、異世界の侵略に対抗していた地球側は、「科学魔術」を産み出した。その特殊技術を持つ戦闘員である少年・物部星名は、南極のゲートに現れた城塞の攻略を命じられ──。異世界VS現代の超迫力異能バトルファンタジー！

最低ランクの冒険者、勇者少女を育てる 1
～俺って数合わせのおっさんじゃなかったか？～

著者／農民ヤズー
イラスト／桑島黎音

ただの数合わせだったおっさんが実は最強!?

異世界と繋がりダンジョンが生まれた地球。最低ランクの冒険者・伊上浩介は、ある時、勇者候補の女子高生・瑞樹のチームに数合わせで入ることに。違い過ぎるランクにお荷物かと思われた伊上だったが、実はどんな最悪のダンジョンからも帰還する生存特化の最強冒険者で——!!